U0867039

[美] 凯瑟琳·吉尔伯特·默多克 著

牧羊男孩

刘勇军 译

THE BOOK OF BOY

中信出版集团 | 北京

图书在版编目（CIP）数据

牧羊男孩 / (美) 凯瑟琳·吉尔伯特·默多克著；刘勇军译 . -- 北京 : 中信出版社 , 2021.2 (2022.7 重印)

书名原文: The Book of Boy

ISBN 978-7-5217-2228-4

Ⅰ. ①牧… Ⅱ. ①凯… ②刘… Ⅲ.①儿童小说－长篇小说－美国－现代 Ⅳ. ① I712.84

中国版本图书馆CIP数据核字（2020）第221346号

The Book of Boy

Copyright © 2018 by Catherine Gilbert Murdock

Cover copyright © 2018 by Ian Schoenherr

Published by arrangement with Jill Grinberg Literary Management, LLC, through The Grayhawk Agency Ltd

Simplified Chinese translation copyright ©2021 by CITIC Press Corporation

ALL RIGHTS RESERVED

本书仅限中国大陆地区发行销售

牧羊男孩

著　　者：[美] 凯瑟琳 · 吉尔伯特 · 默多克

译　　者：刘勇军

出版发行：中信出版集团股份有限公司

（北京市朝阳区惠新东街甲4号富盛大厦2座 邮编 100029）

承 印 者：北京中科印刷有限公司

开　　本：889mm × 1194mm 1/32　　印　张：8.75　　字　数：150千字

版　　次：2021年2月第1版　　印　次：2022年7月第6次印刷

京权图字：01-2020-7261

书　　号：ISBN 978-7-5217-2228-4

定　　价：35.00元

出　　品：中信儿童书店　　图书策划：红披风

策划编辑：李欢欢　　责任编辑：池旭

营销编辑：陆琮　王沛　金慧霖

装帧设计：颂煜文化　　封面设计：吴思龙@4666啊

版权所有 · 侵权必究

如有印刷、装订问题，本公司负责调换。

服务热线：400-600-8099

投稿邮箱：author@citicpub.com

本书收到的赞誉

特别优秀的作品往往很难归类，《牧羊男孩》正是如此。知识极为渊博的作者，带读者轻巧地穿越时空，来到黑死病肆虐欧洲的中世纪，跟随两位身份极为奇特的主人公，从法兰西走到意大利，体验那一路凶险的朝圣之旅。以扎实的考古知识为基础的魔幻元素，让故事呈现出阴郁的哥特色彩，但在这样的底色衬托之下，牧羊男孩至纯至善的人性之光，反而显得更为熠熠夺目。《牧羊男孩》也可以看作题材独特的成长小说，这一趟朝圣之旅，也是引人入胜的自我探寻之旅。在疫情肆虐全球的今天，读到这个神奇的故事更是令人安慰，灾难中的温情与希望带给人更多感动。

—— 阿甲

资深儿童阅读推广人，红泥巴读书俱乐部创始人

著名图画书作者、译者、研究者

优秀的儿童小说永远与成长这一核心主题有关，而冒险题材的作品尤其会让孩子们如获至宝。《牧羊男孩》是一部别具一格的冒险小说，阅读过程就像是一次心灵奇

旅，孩子们从中得到的精神滋养，将一直助力他们今后的人生旅程。

—— **蔡朝阳**

教育学者，亲子作家

一口气读了2019年纽伯瑞儿童文学奖的两部获奖作品——《深夜日记》和《牧羊男孩》。开始读的时候，你以为读到的是关于说话恐惧症患者、读写障碍症患者、爱无能患者、被宗教隔离者、被种族歧视者、离乡背井者、驼背者、手无寸铁的孩子的故事，但是读到最后，你会发现它们是关于每一个人的故事。好的故事就是这样——从人的局限性出发，通往无限的可能性；以孩子的天真无知去摇撼整个浩大的世界，如同小小的露珠托起蓝天，好使它不至于坍塌；提醒每一个读者，不要忘了自己生来就有能够飞越至暗时刻的两只翅膀，一只是爱，一只是善良。

—— **常立**

儿童文学作家、研究者

《牧羊男孩》的故事背景设定在公元1350年，那一年有数十万朝圣者前往罗马朝圣。小主人公布瓦是一个被人谩骂，被人往身上丢石头的驼子，在陪着来历不明的塞昆德斯朝圣的过程中，他发现了自己驼背的惊人秘密……不同的文化背景，古老而神秘的传说，真实的历史事件，让整个故事读起来荡气回肠。我仿佛看了一场制作精良、浓丽奢华的大片。

——付雪莲

2019—2020年度全国小语"十大青年名师"，2018"阅读改变中国"年度点灯人

仿佛只是一个偶然，男孩布瓦被古怪的朝圣者塞昆德斯看中，要他陪同前往罗马朝圣。于是，告别了老迈的主人雅克与刻薄的厨娘，布瓦步入中世纪的夜幕，踏上一段从未想象过的旅程，等待他的是破碎的世界、狂热的信仰、神秘的圣物、可疑的梦境、诡谲的人心、离奇的遭遇、巨大的危险……《牧羊男孩》是小主人公布瓦的故事，也是每个人的故事。愿你能来到书里，与布瓦结伴同行。

——冷玉斌

知名儿童阅读推广人，百班千人总导师

这不是一个容易读的故事。内容上可以关联的已知信息不多，类型上很多元多变，诡秘，诙谐，甚至有一点儿悬疑。正因为如此，整个故事就像一座迷宫，未知的内容、多变的情节如同谜题和线索，在阅读的过程中随时随地从四面

八方涌来，会让孩子们“应接不暇”，更会勾起不同的阅读期待，锤炼从已知信息关联和推论的阅读策略。我们现在倡导发展儿童深入阅读的能力，《牧羊男孩》以其特有的文学与历史的语境、阅读策略和乐趣的多重魅力，可以成为深入阅读的样本。

——李一慢

阅读教学专家，慢学堂创办人，新教育实验学术委员

一本拿起就放不下的书，情节充满反转，语言耐人寻味。随着一个又一个真相浮出水面，我们对故事的理解也在逐层深入。它会让我们想起《一个人的朝圣》，让我们想起《牧羊少年奇幻之旅》，但它又那么独特迷人。这是一场历尽艰辛的自我发现之旅，读来令人感叹，不经历冒险，我们无法看到内心真正的自己。

——刘璟

百班千人阅读导师

优秀的儿童文学作品，往往能打开一条通道，带我们走进一个新世界，开启一场奇异之旅，并随着主人公坎坷颠沛的生活际遇与似曾相识的内心变化，由彼及此，从虚幻回归现实，让我们更深刻地思考当下，反躬内省，最终如牧羊男

孩那般在朝圣归来之时，发现天地别样，重设精神坐标，勇敢担起使命，走向未知的新征程。这与其说是旅行的作用，不如说是阅读的意义所在。

——张贵勇

文学博士，《中国教育报》副编审

我们阅读优秀的儿童小说，也是在阅读不同的世界，阅读不同的成长，更是在阅读勇气、坚毅、善良如何帮助每一段生命旅程。如果我们能倾听《深夜日记》中少女妮莎的倾诉，能跟随《牧羊男孩》中的小主人公布瓦一步一步走在艰辛的旅途中，我们也就读懂了他们的内心。比起一波三折的情节，更波澜壮阔的永远是内心的世界，在这里才能找到朝圣的路，家的归宿。这才是我们应该从优秀的儿童小说里获取的最重要的力量——比阅读和写作的技巧重要一百倍，那是成长的力量。

——张弘

儿童文学作家，魔法童书会创办人

（按姓名音序排列）

带孩子看看
光明与黑暗交织的世界

这个故事可能跟孩子们以往读过的故事都不太一样。

一开始，有的孩子可能会以为这是个童话。可不是嘛，书里第一页写的就是这么一幅画面：一座庄园，一个爬到苹果树上撒欢的孩子，树底下还围着一群咩咩叫的山羊，再往下看就会发现，它们不是在胡乱叫唤，而是在和树上的孩子对话。

“一个能和动物说话的孩子”，这故事似乎有点儿意思，然后在第二页，孩子们就会看到一个奇怪的朝圣者出现了，他穿着斗篷，戴着宽边帽，用一根长杆挑着一个包袱。

朝圣者看起来很冷酷，他没有和男孩打招呼，还嘲弄男孩是“天使的脸孔，魔鬼的身体”——对了，男孩是个驼背。

“你小心点儿，包袱里的东西可比你值钱多了。”朝圣者命令男孩帮他拿着包袱，带他去见庄园的主人。

读到这儿，孩子们可能就会猜想，朝圣者大概就是这个故事里的“大坏蛋”，弱小的男孩是否会成为征服“坏蛋”的“英雄”呢。可是再读几页，他们就会发现，当男孩受到欺凌时，冷酷的朝圣者竟然保护了他。

读这个故事，孩子们很难凭借第一印象去分辨“善”与“恶”。一些人言语粗鲁，却会做出实实在在的善事；一些人外表光鲜，正义感却不如一头驴子；一些人受尽悲苦，却会对那些比自己幸运的人伸出援手；还有一些人，历经艰辛为自己犯下的“恶”赎罪，只为换取那曾经唾手可得的幸福。

故事里会有几十个角色轮番登场。但从整体上来看，故事的脉络很清晰：在庄园牧羊的男孩被神秘的朝圣者看中，他被雇作侍从，跟随朝圣者去寻找传说中的七件圣物。

然而，在他们集齐圣物的过程中，他们会遇到形形色色的人——这些人的秘密和故事也被牵扯进来，还有许多个性十足的动物角色加入，使得情节一次次出现反转，直到最终男孩和朝圣者各自的秘密被揭开……整个故事就像一座古怪的迷宫，小读者读到最后才会豁然开朗。

阅读过程中，有无数的细节都耐人寻味：商人用镀金的鹅毛充作“天使的羽毛”出售；一头驴子因为看不惯主人的跋扈而另觅主人；贪婪的秃鹫勋爵因为自己的虚荣心，而被石头压得死死的；修道士为了聚敛钱财而去争夺圣物，差点儿害死一个婴儿，幸亏婴儿被牧羊男孩救下……

作者编织了一个魔幻的故事，却为孩子们打开了一扇观察真实人间的窗口。

在这个故事里，光明和黑暗交织着，正如法国作家雨果在他的一部作品说的，在人世间，“释放无限光明的是人心，制造无边黑暗的也是人心”。现实生活中，很多大人并不希望孩子过早接触真实的世界，但孩子们也和每一个大人一样，生活在信息的洪流中，世界常常会猝不及防地向他们露出不美好的一面。过多的保护只会造就脆弱的心灵。

2019年，这本《牧羊男孩》摘得儿童文学界的桂冠——纽伯瑞奖，同时登上《号角》《柯克斯书评》《出版人周刊》《华尔街日报》等媒体的年度最佳图书榜单。出版几周后，它在亚马逊网站上收获了100多位小读者极其认真的评价，许多小读者都说这是一个很新颖的故事。其中一条评价很有意思：

八个月前，我读了《牧羊男孩》，那时我还在生病。这种病的症状包括失忆，我没有办法写书评。可是现在，尽管我还没有痊愈，我还是很想说说这本书，原因只有一个：这个故事一直留在我的脑海里。我记得我喜欢它的情节、角色、神秘的氛围、机敏的语言，还有那种带有冲击性的新颖感……当时我读过的很多故事都从我的脑海里消失了，但《牧羊男孩》留下来了。在我这颗有失忆症状的脑袋里，这个故事能够留存数月，还依然充满魅力，这是我给它五星评价的原因。

也许，产生这种强烈的“新颖感”的原因，正是它让孩子们窥见了一个“光明与黑暗交织的世界”，它是通往真实世界的一扇窗口，牧羊男孩的旅途也是每个孩子都要奔赴的人生历练场。

本书策划编辑：李欢欢

地狱的钥匙可以打开每一把锁。

目录

第一部分　启程

第二部分　圣物窃贼

第三部分　欺骗、灾难和废墟

第四部分　抵达

·启程·

第 一 部 分

01

陌生的朝圣者

这个故事的开头很普通，要从一颗苹果讲起。在我的故事里，这颗苹果不仅没熟，丝毫不诱人，还皱巴巴的，像是放了很久。它挂在高处，人们摘不到；它又太顽固，不会自己掉下来。这颗苹果挂在一根细枝上，在三月的寒风中摇来摆去。一群山羊蹦跳着围绕树干转圈圈，咩咩叫着表达它们的不满。

“别这么贪心了，山羊。”我一边爬一边喊，“你们就跟猪差不多，当心厨娘把你们做成火腿！”但为了让自己的话听起来不那么凶巴巴，我一边骂着，一边哈哈大笑。树枝向四面八方伸展着，果园里的树已经两年没修过枝了，嫩芽像鸟巢一样乱糟糟的。“树呀树，别挠我啦，”我低声说，“我不会伤害你的。我保证。”这棵苹果树比我想象的高，但我不怕高，也不怕爬高。*你可以爬上一朵云。*彼得鲁斯神父常这样说，愿上帝让他的灵魂得到安息。*你真是个奇迹，布瓦。*

他还会这么说。他说了一遍又一遍，我几乎信了他的话。

我爬呀爬，直到我的头和果树一样高。我能看见庄园了，它守卫着我们不受坏人的侵扰。“山羊，”我喊道，“我看见我们的小屋了。”

就在此时，我瞥见了那个朝圣者。山羊看不见他，因为在过去的两年里，沟渠变得荒芜，长满了野草。“他挺高的，穿着棕色的朝圣长袍和斗篷，戴着一顶宽边帽。他还拿着一根和他一样高的手杖，用一根长杆挑着一个包袱。也许他要去圣地，要不就是去罗马瞻仰通往天堂的钥匙。”我不禁感叹这个人太幸运了，他不仅可以去很多地方，还能寻找上帝的恩惠。我挥了挥手，不过朝圣者并没有挥手回应。

于是，我决定给他留下一个深刻的印象。我从一根树枝跨到另一根树枝，甚至都没有抓着嫩枝来稳住自己。骄傲是每个人堕落的根源。我靠近那颗苹果，然后一跃而起，把苹果抓在手里，接着便掉下了树。三月的寒风在我身边呼呼刮着，但我并不害怕跌落。我掉在冰冷的地上，风帽里落了很多树叶，一连串的笑声从我嘴里涌出来。世界上没有什么比飞翔的感觉更美妙了。

山羊全都聚了过来，咂！它们喷着鼻子不停地哼哼。你别总是蹦蹦跳跳的，多给我们喂点儿吃的吧。一只棕色的母山羊从我手里抢过苹果，转头就跑。它的眼睛里闪着贪婪的光芒，山羊很清楚什么是罪恶。

我躺在地上咯咯地笑个不停，为了生活，为了山羊，还为了这个阳光明媚的寒冷日子。天气不会一直这么冷的，很快苹果花就将盛放，就好像新生命在母山羊的肚子里日渐长大……

朝圣者俯身看着我，他的帽檐遮住了天空。

啊，他吓了我一跳。这儿可是我的果园，一个属于我和山羊的地方。

“你家主人是谁？”朝圣者的脸笼罩在阴影里，他的声音很低沉。

他甚至连招呼都没跟我打。那我该问候他吗？我该那么做吗？

“你会说话吗？”

“会……会的。”

“你的主人在哪里？”

我爬起来，掸掉帽子、山羊皮和紧身裤上的枯草。朝圣者的帽子上别着十几枚朝圣徽章，有圣雅各的贝壳、圣多马的头像……天哪，这个人真的去过很远的地方。

我指了指杂草沟渠另一边的庄园。

“在那儿。”

“很好，”他转过身，握着手杖迈步前行，“带我过去。”

“啊！好的……老爷。”为了表示礼貌，我应该加上“老爷”这个称呼。

“站直了。”

我的脸顿时变得通红。他怎么会注意到？怎么每个人都会注意到？“我站直了。”我低声说。

“啊，原来是个驼子。你至少还能走路，”他用手指弹了弹随身携带的包袱，就是挂在长杆一端的那个包袱。“给我拿着。你小心点儿，包袱里的东西可比你值钱多了。”

我急忙拿起他的包袱，不知是该把它抱在怀里，还是像朝圣者一样把长杆扛在肩上。包袱里的东西真的比我值钱？羊群围拢过来，我把包袱举到它们够不着的地方。毕竟，谁也不知道山羊会做什么事。

我跟在朝圣者后面走，尽量把头埋得低低的。不管是谁，只要弓背耸肩，看起来都像个驼子。

他大步朝庄园走去，没有问该走哪条路，他不需要问，因为羊群早就踏出了一条路。我跟在后面，长杆不时磕在我的腿上。他走得太快了，我只好小跑起来。

“他们叫你什么？”

我感觉到他在盯着我看，我真希望他不要这样做。“布瓦。”

他哼了一声。“你妈妈叫你什么？”

“我没有妈妈。”

“啊，染上瘟疫死了？”

“我从来就没有妈妈。”

“从来就没有？”他嘲讽地问。

我摇了摇头。彼得鲁斯神父不是我妈妈，尽管他像妈妈那样对待我。是他给我起名叫“布瓦”。永远不要暴露你自己，布瓦……他说这话时打了我一下，确保我会牢牢记住。

“你爸爸呢？”

我耸了耸肩，庄园里很多孩子都没有爸爸。

阳光照着他宽帽檐下的眼睛。“啊。天使的脸孔，魔鬼的身体，这样形容你这个男孩，真是再合适不过了。”

“男孩[①]不是我的名字，我叫布瓦，布瓦是我的名字。”我不喜欢他说的那些话，我只喜欢别人叫我布瓦，不喜欢他们叫我别的。

我们从几间破得不像样的棚屋旁边经过。朝圣者一直往前走，没有沿着羊群踏出的小路转弯绕过棚屋。在这个庄园里，就连山羊也不愿意靠近那些屋子。

第一间棚屋如今好像一道发黑的疤痕，两年来，那儿长满了野草。从前，有个爱吹笛子的牧羊人住在里面，愿上帝

① 原文中主人公的名字 Boy（音译为“布瓦”）与 boy（意思为“男孩”）发音相同，当他跟别人说“我叫布瓦”时，常常会让人觉得他在说“我是个男孩”，以至于别人总是忽略他的名字。——译者注

保佑他的灵魂。他曾答应教我吹笛子，可是他还没做到，瘟疫就把他带走了。也许他现在在天堂里吹笛子。

第二间棚屋曾经住着一个寡妇和她的儿子。他们两个也死了，睡着后再也没有醒来。他们的小屋现在只剩下四根烧焦的柱子。*天堂的圣徒，请送他们进天堂吧。*

我蹑手蹑脚地走过最后一间棚屋，屋顶的茅草已经腐烂，门口一片漆黑。住在这儿的一家人倒不曾把房子烧毁，但他们也没有一个活下来的。那家人曾经叫我怪物，最小的孩子连话都说不利索，却也这么叫我。那家的母亲一看到她的孩子们朝我扔石头，就哈哈大笑。

当我经过棚屋时，我试着为他们祈祷，却想不出该祈祷什么。我把手指伸到风帽里，摸着头皮上的伤疤。*愿上帝宽恕我没有仁慈之心。*

“双手拿着包，布瓦。”朝圣者命令道，他的靴子踏在结霜的草地上，嘎吱作响。

我赶紧把手缩回来。我不喜欢这个朝圣者。不管是谁，只要他能看到不需要看到的东西，不害怕应该害怕的事情，我通通都不喜欢。这个朝圣者很危险。

02

男孩换祈祷

朝圣者沿着沟渠往前走，我快步跟在他后面，山羊紧跟在我后面。众所周知，狼都喜欢藏在这条沟里。

庄园坐落在山冈上，葡萄园如同时髦女子的裙裾一样，环绕四周。“老爷，雅克先生在那儿。”我说。

“带我去见他。”

“可是……”该怎么说呢？我吞了吞口水，“是的，老爷。”

我们向山上走去，山羊没有跟上来。山羊和我在庄园里都不招人待见。他们不喜欢我，因为我是个驼子；他们不喜欢山羊，因为它们会惹毛那些狗。我们以前倒是挺受欢迎的，夫人觉得山羊很有勇气，也很享受我的侍候，可惜夫人走了，她的三个可爱的孩子也跟她一起去了，现在庄园是另一个女人当家做主。

我走进院子，几只狗跑了过来。我和狗儿们是很好的朋友。不过它们没有靠近朝圣者，狗儿很聪明，知道怎么对待陌生人。我弓着身子站在中间，狗儿围着我跑来跑去，我把朝圣者的包袱举得高高的，以免它们好奇之下探着鼻子去闻。我还得留意，看会不会有人朝我扔石头。

雅克先生正在晒太阳。每当天气晴朗的时候，他们就会把他带到那里，要不然他老是躺在臭烘烘的床上。不管仆人们怎样反对，也不管夫人活着时如何抗议，雅克先生就是不肯戴帽子，也许是因为帽子会擦痛他的头皮，还可能因为他现在头脑虽大不如前，却还是想让世人看看他受过的苦。即使待在院子的这边，我也能看见那次决定命运的骑马比武会在他的脑袋上留下的凹痕。他在那儿呆呆地出神，口水直往下流。

“啊，”朝圣者说，“那就是你的主人。”

我点了点头，一想到不需要自己多说什么，顿时感觉轻松起来。

狗儿们抽动着鼻子，嗅着朝圣者。此时，一股气味随着寒风飘了过来，那是一种我很不喜欢的酸臭味。

一个尖锐刺耳的声音响起：“这么好的鸡蛋你可别糟践了，不然你就惨了……这人是谁？”厨娘走到厨房门口，她在身上的长礼服上擦了擦手。那衣服是夫人的，不过现在缝线松了，袖口粘着酸牛奶渍。

朝圣者低了一下头，但我注意到他没有摘帽子。“早上好，女士。我是塞昆德斯，一个谦卑的朝圣者。”“谦卑”这个词从他嘴里说出来，一点儿都不中听。

狗儿们把头埋在我的胳膊肘下：布瓦，布瓦，我们不喜欢那个人，布瓦。

“我没有东西捐给朝圣者，”厨娘厉声说，“去小酒馆讨面包吃吧，法律允许你这么做。”厨娘也知道法律。

塞昆德斯笑了笑，但他的脸上没有一点儿笑意。“我要去圣彼得台阶朝圣，那儿即将举行节庆活动。”

圣彼得台阶？那是个很大的城镇，离这儿有三天的路程！跛子都会去那儿寻找奇迹。我斜眼端详这个浑身散发着酸臭味的朝圣者，他看上去可不是个跛子。

“那又怎么样呢？”厨娘低声咆哮着。

他的眼睛闪闪发光。“我想让这孩子陪我去。他有一身攀爬的好本领。”

朝圣者想要我？是我吗？我要出门三天？

布瓦，布瓦，那个人太可怕了，真的。狗儿们低声说。

我也挺怕他的。我低声回答。

“你说布瓦？”厨娘嘲笑道，“他什么忙也帮不上。”她骂过我更难听的话，而且不止一次地说是我那可怕的驼背招来了瘟疫。

塞昆德斯指了指我怀里的包袱。“那个包袱对我来说是个负担，我希望他能替我拿。”

这包袱一点儿也不重！他满嘴谎话。这个人也许是朝圣者，但他的灵魂却有着罪恶的烙印。

厨娘挑起了眉毛。“那你是需要一个仆人了？好吧，他可以去，但你得给一些补偿，总得有人去放羊。”

“如果他真像你说的那么没用，那他在与不在，又有什么关系。”

厨娘皱起了眉头，她不喜欢别人用她的话来反驳她。

“一个这么小的孩子，这么天真……”朝圣者叹息道，“仁慈的教会肯定允许他为别人祈祷，而节日祈祷总是有特别的福报。告诉我，亲爱的女士，你知道谁需要祈福祷告吗？你知道有哪些罪人希望从永恒的诅咒之火中解脱出来吗？”

厨娘的嘴唇变白了，她瞪着塞昆德斯，也瞪着我。接着，她情不自禁地望向雅克先生。他流着口水，看起来是那么的无助。他曾经是她的主人，但后来，她让自己成了他的妻子。

朝圣者是怎么知道的？

“要祈祷，就得有捐赠。”塞昆德斯冷冷地笑了笑。

厨娘跺着脚回了厨房。

朝圣者的手指轻轻拍打着手杖，指甲敲击着木头，他完全没有因为厨娘制造出的噼啪声、咆哮声和跺脚声而心慌意乱。我弓着背站在他旁边，脑子里乱成了一团。去圣彼得台阶镇要三天，回来也要三天。那就是一、二、三、四、五、六，一共六天。我怎么能和这个人一起待六天？到时候恐怕连小命都保不住了。

布瓦，布瓦，发生什么事了？狗儿们问。我们很担心，布瓦，布瓦！

我搔了搔它们的耳朵。需要担心的才不是你们呢。

“布瓦，用两只手拿着包袱。”

朝圣者似乎能看到一切，我哆哆嗦嗦地抓住包袱。

厨娘拿着一个刻有雄鹿图案的银杯匆匆走了出来，在雅克先生还能说话的时候，他都是用那个杯子敬酒的。她把杯子塞到我手里。“这是我的捐赠，别让他……”她指着朝圣者，“别让他碰。不能让他卖掉，不能让他碰，也不能让他用。去为雅克先生祈祷，布瓦。为我们的国王祈祷，为善良的法兰西国王祈祷。为……”

我看着她。告诉我，厨娘，告诉我该怎么说，才可以让上帝宽恕你。我没有把这些话说出来，但她或许从我的脸上看出来了。她以前就看出来过。

“……为我祈祷。”她说出这句话，但没有直视我的眼睛。她弹了弹她的裙子，那是夫人的裙子。夫人现在肯定受尽了折磨，因为她临终时厨娘没有为她请牧师。“答应我你会做的。”

“我保证。”我发誓。最好不要惹恼厨娘。

“还有件事，”塞昆德斯又说道，“给点儿盘缠吧，路上用得着。我们得吃饭。”

“布瓦不吃。”

“我吃。那样我才能送他到圣坛前，为你的灵魂祈祷。”

厨娘的眼睛在冒火……她嘶了一声，向朝圣者扔了一枚硬币。

他是怎么知道的？

他把硬币塞进小袋里。“走吧，布瓦，我们还有很长的路要走呢。”

我看着厨娘。“求你了……”我太害怕了，竟然希望能从厨娘那儿得到帮助。

但厨娘只是怒目而视，她用锐利的目光上下打量着我，又上下打量着朝圣者，计算着别在他帽子上的徽章和他那双旧皮靴值几个钱。“记得回来时把所有细节都讲给我听。告辞了，朝圣者，我还有很多活儿要做。”她当着我的面，当着朝圣者的面，砰的一声，关上了门。然而，即便隔着墙，我还是能听见她的话：“你做好面包了吗？我看你没有……”

我必须服从厨娘。厨娘能看到一切，而且从来没有停止过算计。她认为一个银杯就能买到进入天堂的机会。我必须跟着这个人，他吩咐我做什么我就得做什么。只是六天而已，我只要拿出勇气，说不定能坚持下来。

塞昆德斯已经走到院子中央了，天哪，他走得真快。我急匆匆地跟在他后面，狗儿们在我身边跑着。

等我听到沉重的脚步声时，已经太晚了，一个影子从牛棚的门口投过来。

狗儿们一溜烟儿跑光了。

“看看谁来了。”奥克斯冷笑着说。他只比我年长几岁，块头却大得像个成年人，说起话来也是粗声粗气的。

我低下头，尽管我要抓着银杯、塞昆德斯的包袱和长杆，我的手指仍然伸向眼睛下方的伤疤。那是一道很大的疤痕，受伤时流了好几天的血。

“怪物把自己变成人的宠物了。”奥克斯瓮声瓮气地说。他像熊一样魁梧，像石头一样愚蠢，还像野猪一样残忍，而我是他最喜欢的猎物。

朝圣者停了下来，仔细打量被自己的玩笑逗得咯咯笑的奥克斯，并示意奥克斯走近一点儿。

奥克斯的笑容消失了，小眼睛滴溜溜直转。他别无选择，只能拖着脚步向前。

我就像一只被两条毒蛇困住的老鼠，看着这一切。

奥克斯的确很壮实，但他并不高。他没有塞昆德斯高，也不如塞昆德斯那么……可怕。

只见塞昆德斯身形一晃，他的手杖就抵在了奥克斯的下巴下面。奥克斯猛地一仰头，震惊地瞪大了眼睛。

我也抬起了头。我从没见过有人能制服奥克斯。

“我觉得你是个罪人，”塞昆德斯轻声说，“你是保护弱者，还是保护强者？”

奥克斯舔了舔嘴唇：“我……我不知道。”

塞昆德斯等待着。我也等待着，害怕地咬着自己的脸颊内侧。太阳仍在空中原来的位置上。

奥克斯的目光向我这边瞟过来。“也许我……没有。”

“没有什么？”

“没有保……保护弱者。”

“啊，”塞昆德斯冷冷地笑了笑，“那你肯定是个罪人了。”他停顿了一下，“你知道不保护弱者的人会有什么下场吗？”

奥克斯努力吞了吞口水。

“他们会下地狱，”朝圣者在冷风中呼出一团团哈气，他又靠近了一些，声音很平静，“要我告诉你地狱是什么样的吗？”

奥克斯轻轻地摇了摇头。

塞昆德斯退了几步。

奥克斯像个坏掉的木偶一样瘫倒在地。

“走吧，布瓦，我们还有很长的路要走呢。”

奥克斯掐着自己的脖子，眼睛盯着朝圣者。他没有叫我怪物，也没有朝我扔石头。

我快步跟在塞昆德斯后面。朝圣者吓到我了，我真的很怕他，但至少他没有辱骂我，也没有扔石头砸我。事实上，他还向那些扔石头砸我的人发起了挑战，把这些人当中最可恶的大块头奥克斯吓得屁滚尿流。

朝圣者很有力量，他的力量已经开始影响我了。他在改变我，就像从一颗烂苹果上飘出的气味侵袭着居住在周边的人。

我知道自己应该往前看。但是，就在我离开院子时，我又折回到奥克斯身边，做了一件我这辈子从来不敢做的事。

我冲奥克斯吐出了舌头。

03

肋骨、牙齿、拇指、胫骨、遗骨、头骨、坟墓

我紧紧抓着杯子、包袱和长杆，刚一下山，我就后悔自己冲奥克斯吐舌头了。奥克斯不光特别小气，他的记忆力还非常好，只是六天而已，他肯定忘不了刚才的事。

山羊咩咩叫着跟在我们后面。“走开！”塞昆德斯大喊道，“滚蛋！”

山羊瞪着他，他也瞪着山羊，还晃了晃他的手杖。

回去吧，山羊，我对它们说，我六天后就回来了。

咥！它们哼了一声，你不在的时候谁来哄我们开心呢？

我忍不住笑了。你们就自己哄自己玩吧。

咥咥咥！这叫什么答案。然而，它们还是摇着尾巴，一只接一只地跑开了。

再见了，山羊。愿圣徒保佑你们平平安安的。

咥！你这个傻东西，我们当然会平平安安的。我们是

山羊。

就这样，我独自一人跟随朝圣者向前走去。我必须做好准备，要么服从他，要么逃掉……

庄园在我身后变得越来越小，最后消失在了杂草后面。草该修剪了，早就该剪了，雅克先生决不会允许草丛这么乱糟糟的……

塞昆德斯停下来，伸出一只手。“把杯子给我。”

我不应该让他碰银杯，厨娘是这么吩咐的。

他扬起了眉毛。“布瓦，把杯子给我。”

我不情不愿地把雅克先生珍爱的东西递给了他。我太软弱了。

杯子消失在了塞昆德斯长袍的口袋里，他从衣兜里掏出一根绳子。“把包袱绑在你背上。”他命令道，并麻利地把包袱绑在我的驼背和蓬松的山羊皮上。我注意到他并没有碰包袱。“你要是敢打开包袱，我就吊死你。”他这些话是对着空气说的，而不是对着我，“还有，如果你想逃，我照样会吊死你。”

我不禁哆嗦起来。

“害怕是好事，有了恐惧，你才会小心谨慎。”他试了试我胸前的绳结是否结实，然后转身就走，“把那根杆子当手杖用，快点儿。”

我照他说的做了。起初我并不情愿，但后来那根长杆成了我的好伙伴，有了它的帮助，我的脚步也加快了。绳子勒着我的胸部，但包袱比我想象的软。我虽然穿着山羊皮，但我的驼背能明显地感受到包袱带来的温暖。

我们到了十字路口，朝圣者停了下来。

“去圣彼得台阶，得走这边。”我指着前方说。“那条路……”我指了指右边，“通向一片大海，海水喝起来是咸的，是一个旅人这么告诉我的。”

“是这样吗？”他问道。他的脸上挂着一抹古怪的笑容，于是我决定少说为妙。

我们来到了农夫米歇尔的田地。在瘟疫带走了他的儿子之后，米歇尔把他儿子的靴子给了我，就是我现在穿在脚上的这双。靴子有点儿大，我只好塞了些羊毛。他把他儿子的紧身裤也给了我，我得用绳子绑住，裤子才不会往下滑。我还戴着他儿子的红色风帽，这样我的脑袋就不冷了。后来，米歇尔离开了，因为庄园带给他的只有悲伤。现在，他的田地都荒芜了。

我们来到了我以前到过的最远的地方：一棵比两个人并排站一起还宽的山毛榉树。三年前，那时还没暴发瘟疫，一次雅克先生去参加骑马比武会，夫人希望他回来时能受到热烈的欢迎，于是她给了我一瓶酒，打发我到这棵树下迎接雅克先生。太阳渐渐西沉，我感到非常害怕，但他总算带着胜利纪念品和一袋硬币出现了——在最后那次比武会举行之前，他向来都是获胜的一方。他把我抱上他的战马，带着我一起骑马回庄园。他还对我说，有我坐在马背上，他的马第一次这么老实。他说我或许不该去放羊，而是应该去养马，一个能使马平静下来的孩子，抵得上五只上好的狗。

我和朝圣者从山毛榉树旁边走过。我走上了一条陌生的路，但我的脑海里充满了回忆，而我的恐惧不得不像一个坐在长凳上的孩子一样挪开，把地方腾出来。

朝圣者一整天都在大步前进，我尽力跟上。我们经过了几个空无一人的村庄，村里的房屋都敞着大门，就像咧着一张张没有牙齿的嘴巴。野草丛里黑黢黢的，说不定藏着什么邪恶的东西，我很高兴能赶快离开。太阳落山后，我们的影子在面前伸展开来。朝圣者仍然没有停下脚步。

“老爷？”我低声说。我的声音有些颤抖，腿也哆嗦了起来。他咳嗽了几声，但没有回答。

最后我们来到一块空地，地上积着一层厚厚的灰。塞昆德斯向四周张望了一下，自顾自地点了点头，放下了手杖和帽子。

“我们就睡这里？”我无法控制自己声音里的恐惧，要是歹徒发现了我们呢？我们还有可能碰到强盗或狼。一想到周围那么黑，眼睛冒亮光的狼在夜色中爬行，我就浑身发抖……

“看来是这样的。”他走进了灌木丛，我跟了上去。“一个人可以没有隐私吗？”他厉声说，我赶紧跑开，不过并没有跑出多远。我努力让自己别害怕，并像人们常做的那样，蹲在地上。

朝圣者从他的小袋里拿出肉干给我，我接了过来，因为如果有人给我食物，我必须接受。不过我只拿了一小块，以免浪费。他开始生火。

我真希望自己能坐在他的旁边，地上很冷，黑夜特别吓人，但我不敢靠近他。我想把绑在背上的包袱取下来，但我不敢请求他允许。事实上，包袱让我感到温暖，这也算是一种安慰。我祈祷着，为在马蹄下失去神志的可怜的雅克先生祈祷，为夫人和她三个可爱孩子的灵魂祈祷，为在瘟疫暴发之前就被上帝带走的彼得鲁斯神父祈祷。我祈祷奥克斯会忘记我朝他吐舌头，我祈祷狼不会找到我。我没有为厨娘祈祷，因为我得在圣彼得台阶为她祈祷。

我扯了扯紧身裤和山羊皮，尽量把身子蜷缩起来，然后拉紧风帽护住脖子。火堆并不大，但我仍然伸出手烤火取暖。

塞昆德斯拿出了一本书。一本书！小小的，很脏，书页都磨损了。书的边缘是黑色的，好像被烧焦了一样。这本书太臭了。

“老爷，你识字？”

“是的，我这一行的人都识字。”

“你是说朝圣者？”

他狂笑一声。“我曾经是个律师。”

我什么也没说。我太震惊了，我从未遇到过识字的人，就连彼得鲁斯神父也不识字，当然，我不说话，还因为我不知道“律师”是什么意思。

“我学的是律法，你知道律法吧？我给人们提供建议。”他盯着火焰，“那些人都是非常有权势的。”

“而现在你去朝圣了。”我觉得自己应该说些什么。

“是的。我在寻找，布瓦。我要寻找七件东西，七件最珍贵的圣物。有了这七件宝物，我就能获得拯救了。”他拿着书，让我看一张书页上的字。“肋骨、牙齿、拇指、胫骨……”他背诵道，“遗骨、头骨、坟墓。”

“肋骨、牙齿、拇指、胫骨、遗骨、头骨、家[①]。”我低声重复道。这些词听起来是那么庄严，非常像祈祷词。

① 七件圣物中的最后一件是 tomb（坟墓），这里布瓦把 tomb 听成了 home（家），因为这两个词的发音有相似的地方，听起来容易混淆。——译者注

“接下来的任务是寻找牙齿，这可是个挑战。不过我现在比较乐观，因为我找到了一个会爬高的男孩子。”他把书塞进长袍里，“我已经完成了第一个任务。布瓦，你知道彼得的故事吗？”

“圣彼得？”那我的确听过，是彼得鲁斯神父给我讲的，“彼得是一个普普通通的渔夫，但他成了罗马的第一任教皇，现在他已进入天堂之门。”

朝圣者点点头。“看来你学到了不少知识。保护好那个包袱，布瓦，要像守护你的生命一样守护它，因为圣彼得的一块肋骨就在包袱里。”

04

瘟疫肆虐

我蜷缩在一根弯曲的树枝上——这是我的第二段记忆，好几个男孩子围着树朝我扔石头，我吓得缩成一团。“我们抓到了一个怪物。”他们喊道，还大叫着说牧师很快就会来消灭我。我尽力躲开石头，用手护住脸，不停地哭泣。

一个脸色红润的老人气喘吁吁地走了过来，然后靠在拐杖上喘匀呼吸。一个男孩抡起胳膊要扔石头砸我，彼得鲁斯神父打了他一巴掌，要知道，神父打起人来可疼了。他教训了那些孩子，说他们笨得像猪。神父把他们赶走后就坐下来，喃喃地说着什么。

我从树上爬下来，想听清楚他在说什么。老人和我说话，见我光着身子，就给了我一条毯子，还把我带到教堂后面他的房间里，让我替他打扫卫生，替他跑腿。他把自己低声念叨的那些话教给了我，后来我知道了那是祈祷词。

他知道我是个驼子，也了解我的秘密。“永远不要暴露你自己！”他会这样怒喝。有时候我觉得身体发痒或很热，便脱下外衣，他就会打我，直到我从骨子里明白绝不能暴露自己，即使我是在床上，而所有的人都脱了衣服睡觉。我一定不能暴露自己——既不能碰我的驼背，因为我的驼背很邪恶，会使我变成一个怪物，也不能让别人知道我的另一个秘密。要是有人对我的驼背指指点点，说我是个怪物，他就狠狠地打他们。

就这样，彼得鲁斯神父一直照料我，给我衣服穿，让我看《圣经》上的他的名字——他至少认识组成他名字的那几个字母。我非常喜欢他，就算后来我去侍候雅克先生和夫人，我也会给他送去他喜爱的羊奶，直到他死去。上帝是仁慈的，在瘟疫暴发前就带走了彼得鲁斯神父，这样一来，善良的神父就不必经历那种恐怖了。

这是我的第二段记忆，其他的记忆都是在这之后出现的。而我的第一段记忆是我睡在一群鸽子之间，鸽子柔软温暖的翅膀环绕着我，它们咕咕叫着，四周一片黑暗。不过，这会儿鸽子在啄我。一开始它们并没有用力，但是后来……哎哟……

“这是什么情况？”

有人在我耳边厉声说着，我的肋骨也被狠狠戳了一下，我马上醒了过来。我眨了眨眼睛，看着羊棚里洒满了明媚的阳光，听到了一些我从未听过的山羊发出的动静。

等一等，我根本不在羊棚里，我在外面，在森林里。山羊们在我周围蜷缩着，咩咩地叫着。我的肋骨又被捅了一下，捅我的是一根棍子，拿着棍子的是一个男人……是塞昆德斯。

我立刻就清醒了，挣扎着从这群奇怪的山羊中挣脱出来。

“是你把它们带到这儿来的？”塞昆德斯愤怒地问道。

没错，这儿有很多只山羊，它们的皮毛上挂满了荆棘，羊群中还有一只长着大角、臭气熏天的公山羊。没有比公山羊更臭的了。

“不……不是的，老爷。”

“那它们是自己在夜里出现的吗？”

“这些不是我的山羊。”

“啊。”塞昆德斯说。

最大的母山羊怒视着他。它少了半只角，看上去比打火石还要强硬。它挺直身子，走过一条很宽的溪流，地面冷冰冰的，水里却冒着热气。

塞昆德斯扭着嘴看着山羊，然后回过身来。“我的包袱还好吗？”

“是的，老爷。”昨晚的谈话涌进我的脑海。我背着的是圣彼得的一根肋骨，圣彼得是罗马的第一任教皇，而我只是一个卑微的牧羊人！

“走吧，布瓦。”他大步走开。山羊们小跑着朝着另一个方向离开了。

再见，山羊。谢谢你们让我暖暖和和的。一想到没有它们，我很可能冻死在这个寒冷的夜晚，我就不寒而栗。我可能早就送掉小命了。

它们摇着尾巴。呸！我们觉得你的主人不怎么样。山羊一向都瞧不起人类。

塞昆德斯把他的酒瓶递给我，让我喝一口，但我没有喝，长颈瓶里的东西实在太难喝了。不过我还是向他道谢，并拿了一块肉。如果有人给我食物，我必须接受。我做了祷告，祈求上帝原谅我一边走路一边祈祷，毕竟朝圣者不喜欢我耽搁时间。

我像往常一样为夫人、雅克先生和彼得鲁斯神父祈祷，我现在还为圣彼得祈祷，感谢他让我背着他，难怪这包袱会让我觉得这么暖和。肋骨、牙齿、拇指、拇指、拇指、拇指、家……不，不对。肋骨、牙齿、拇指、什么、什么、什么、家……一共是七件圣物，但我就是记不全。我现在就背着肋骨！

我们走了一个上午，沿路看到很多兔子蹦跳着跑开，乌鸦向我们踏足的森林发出警告，狐狸则不停地尖叫。我还听到一只狼在嚎叫，吓得心怦怦直跳，但那之后就没再听过狼嚎了。

树木变得稀疏起来，感谢圣彼得，我们回到了人类的土地上。

“你会跟人闲聊吗？”

我吓了一跳。“你说我？”

“不，我是在对那个水坑说话……我当然是指你。”

“是的，老爷。”我能感觉到他在打量我。

“给我讲讲你的主人吧，布瓦，我觉得这个故事值得一听。”

“雅克先生？他的故事太叫人痛心了。”

“对此我并不怀疑，但前面的路还很长，有时候，说说话总好过沉默。”

“是的，老爷。”我仔细想了想，“雅克先生……以前……是一个伟大的战士，当英格兰人入侵法兰西的土地时，他参战了，善良的法兰西国王就把你看到的那个庄园奖赏给了他。雅克先生是一位善良的主人，但他骨子里是个好斗的人，只要是比武，他就觉得自己应该参加，并打败其他人，就像他当初击败英格兰人那样。他带回了许多胜利纪念品和钱袋。有一天，他带回了夫人，夫人很虔诚，是个大好人，她教我怎么侍候主人，还给我剪头发。她恳求雅克先生不要再去决斗。后来，她给雅克先生生了一个儿子和两个小女儿，她再次恳求他别再那么做。但雅克先生说自己不是农夫，照样骑着他那匹高大的黑色战马出门。”我在心里对自己说，有一次，我和雅克先生就是骑着那匹马回庄园的。对我来说那真是光荣的一天。

“是吗？”塞昆德斯问。

“本来……本来世界上的一切都是那么美好，直到两年前的春天，雅克先生骑马出门，却没有回来。第二天他也没有回来，夫人很担心，把孩子抱在怀里哭了起来。第三天，雅克先生回来了，可他是躺在马车里回来的，一个骑士永远不会这么做。原来有一匹马踢到了他的头盔，导致一块铁片插进了他的头骨。牧师为他主持了临终圣礼，每个人都知道他很快就会死去。但他没有，他也没有得病……”我停顿了一下，“其他人都生病了，他们的四肢和躯干相交的地方都生了黑疮，马夫们染上了病，三个乳牙都还没掉的可爱宝宝也生了病。夫人照顾孩子，直到她自己也生病了，后来……他们都死了，有很多人死去。”

“很多人都死了。是的。”他叹了口气，“但雅克先生没死，厨娘也没有。”

“是的，但她不再叫厨娘了，现在人们叫她夫人，因为第一位夫人去世了。”

“啊，这么说，这位骑士的妻子不是贵族出身。我认为这是她的罪过。”

“不是的！”他这样想真是太奇怪了。每个人都需要一个伴侣，彼得鲁斯神父就是这么说的，厨娘嫁给雅克先生并不是犯罪。事实上，如果她不嫁给雅克先生，其他贪婪的贵族就会夺走庄园，因为雅克先生的叔叔们都不在了……我皱着眉头思考着，记忆像噩梦一样在我脑袋里翻腾。“老爷？”

“你的舌头还在呢，有话就说吧。”

“夫人生病的时候，她要求请个牧师来庄园，她想在死前做忏悔。”

“啊，但是厨娘没有派人去请牧师。”

“是的，”我哭了起来，“没有人给夫人举行临终圣礼，所以现在她在地狱里，受烈火焚烧！”

“擦干你的眼泪，布瓦。”他用冷酷的声音命令道，“你尊敬的夫人并没有下地狱。”

我抬起头来。“真的吗，老爷？”

“我发誓……”他的脸绷得很紧，“我以我的生命发誓，地狱是为罪人准备的，相信我。”

“但是她没有忏悔……”

“忏悔什么？那个女人绝不是罪人，”他的脸色变得柔和了，“她为你剪头发。”

这个懂得这么多的人向我保证夫人很安全，我太高兴了。但我的心还是往下沉，这番关于瘟疫的谈话打开了我心灵的一扇门，各种各样的记忆都涌上了我的心头。我想起了那些在瘟疫中去世的人。请善待他们，圣彼得，请带他们去天堂。

塞昆德斯也像我一样陷入了沉思，他的表情很严肃。有个庄稼汉向他打招呼，他没有回应，甚至没有点头致意。当我们走到一个有一堆石头的十字路口时，他拿出他的书研究了一会儿，就带着我向右边走去。我们爬上一座小山的山顶，他开始又看他的书。我们眼前是绿色的山丘、犁过的山谷和白雪覆盖的高大山脉。他凝视着这片景色，接着又翻到书上的一幅画研究了起来。他点了点头，但眉头还是紧皱着。

我们来到了一个果园，这儿的树和庄园的果林一样荒凉，树枝都没有修剪，看起来就像一个满是疯子的地方。可怜的树，这里也有许多人死了……

有时候，说说话总好过沉默。塞昆德斯是这么说的，但我想不出可以说什么，我沉浸在对死者的回忆里，一点儿精神也没有了。

我们默默地大步走着，直到暮色降临。

05
石 桥

我们来到一片干草地，那里有一堆冬天剩下的干草，塞昆德斯选了个背风面过夜。他生起一个小火堆，借着摇曳的火光仔细看他那本又臭又小的书。“圣彼得台阶有一件很有价值的圣物，”他更像是在自言自语，“每时每刻都有守卫。”

“牙齿？”

他抬起头来。“你在说什么？”

“牙齿。肋骨、牙齿、拇指、什么、什么、什么、家。我很抱歉，我不记得了。”

“你的头脑比我想象的好使。是的，就是牙齿——肋骨、牙齿、拇指、胫骨、遗骨、头骨、坟墓。但我要先做一件事。”他敲了敲他的书，“我碰巧知道，在圣彼得台阶的节庆日那天，一群修道士要偷走镇子里的圣物。”

“不！”

“很遗憾，事实的确如此。不久前，圣彼得台阶修道院的一位修道士把这事告诉了我。他很……苦恼。我们两个人必须去保护圣物。”

“我会的，老爷。我要像保护圣彼得的肋骨一样保护它！”

“我找到了一个多么好的同伴啊……”他在干草中坐下，“你想听听肋骨的故事吗？”

“是的，请说吧。”每个人都喜欢听有意思的故事。

他捅了捅火堆。“我走了很长的路，布瓦，很长很长。最后，我终于到了巴黎……”

“你到过巴黎，老爷？”

“是的，布瓦。”

“你从巴黎大老远走到了这儿？”

“是的。我可以继续讲了吗？我到达巴黎时非常疲倦，我的骨头都快累散架了，那儿与我离开时的样子完全不一样了，令我不知所措。巴黎弥漫着各种气味，还非常冷。据我所知，国王当时不在巴黎。”

“法兰西的国王？”我情不自禁地插口道。

“就是法兰西的国王。我看见了他的宫殿，那座王宫真是野蛮人的风格，整个城市也都是这样。其实全世界都是如此，没有人尊重比例或顺序，一切美好的东西都消失了……”他努力使自己镇定下来，“我找到了宫殿，并在宫殿里找到了一个小礼拜堂，很多法兰西国王都把他们最珍贵的圣物放在那里。那个小礼拜堂太美了，我看到之后非常惊讶。我从来都没有那么惊讶过，周围都是野蛮风格的建筑，然而……小礼拜堂的墙壁是用彩色玻璃镶嵌的，月光透过墙壁倾泻进来，那感觉就好像我站在了一颗宝石的中心。”

“宝石的中心。”我低声说，真是太不可思议了。

“那么多圣物……它们的价值可抵得上一个王国啊。但我只关心一件圣物，我很快就找到了它。圣物很小，只是一根肋骨，但是……”他的声音变得嘶哑起来，“我发现了一个可怕的事实，我从未预料到会是这样。”他举起一只手，在火光中，我看到他手掌上有一块发亮的伤疤，那是最近被烧伤的。

“是那件圣物给你留下的标记？”我睁大了眼睛。

“长久以来，我听过很多传闻说圣物具有神秘的力量，但我从不相信。”他搓了搓手心，“可现在我信了。”

“肋骨会灼伤所有人吗？”会不会也灼伤我？

“不会，”他的眼睛在火光下闪闪发亮，“所以我做了一个包袱，把肋骨放在里面，这样我就碰不到它了，我还找了一根长杆来挑着包袱，然后去了南方。肋骨的故事就是这样。”

多么有意思的故事啊。站在一颗宝石的中心，身边是价值一个王国的圣物，然后他看到了圣彼得的肋骨，见识了它的威力，我蜷缩在发霉的干草中笑了起来。肋骨会灼伤一些人，却会让另一些人觉得暖和。

那天晚上，我梦见圣彼得站在天堂的门口，感谢我照料他的肋骨。大门很温暖，圣彼得也很温暖，不过他身上有一股怪味，不知怎的，天堂的门都湿透了……

我醒了过来，周围弥漫着潮湿羊毛的臭气，六只绵羊依偎在我身边。

“布瓦？”一个声音传来，不过有绵羊挡着，我看不见塞昆德斯，我感觉就像被一团湿漉漉的、臭气熏天的云包围了，快要闷死了。

我挣扎着从羊群中出来，绵羊咩咩地叫着，诉说它们的烦恼。自从闹瘟疫以来，这些可怜的动物还没有剪过毛。蓬松的羊毛上落着雾珠，它们眼神冷漠地看着我们离去。

我从塞昆德斯手里接过一些奶酪，尽管这奶酪不过是变质的牛奶。我还用嘴唇在他的酒瓶口贴了贴，并确保他那装着圣彼得的肋骨的包袱正牢牢地绑在我的驼背上。

一整天我们都在阴云密布的天空下匆匆赶路，空气中充满了潮湿的田野气息。我们经过了一个村庄，那里的狗不停地吠叫，似乎在警告我们不要逗留，不过有几只狗只是摇着尾巴，这说明即使是狗也会弄虚作假。当我告诉它们我的名字时，它们就跟在我们后面，不停地喊着布瓦，布瓦，布瓦！一直到我们走远。

脚下的路与另一条路交会在一起。我们遇见一个劳工，他背着一个大包袱。后来，我们才看清他背的原来是一个跛脚的老人。

“你走路怎么总是摇摇晃晃的。”老人大声说，“你呀，就是自撒旦从天堂堕落以来行动最慢的生物……嘿，朝圣者。”他对塞昆德斯喊道，“和我们一起走吧。也许你的步伐能带动我这个没用的儿子。”

我心想，要是我的儿子背着我，那他每走一步，我都要感谢他。

老人指着自己一条畸形的腿。“你看，我的腿有毛病。我要去圣彼得台阶，让我的腿好起来。那个镇子里有一件圣物，就藏在一个坚固的大箱子里，但遇上节日，善良的牧师会把它拿出来，让所有到那里的人都享受到它的福泽。”

“我听说过。”塞昆德斯喃喃地说。

我瞥了一眼塞昆德斯。他会不会提起我们要去保护圣物？显然不会。

老人一会儿责备他儿子总是晃个不停，一会儿抱怨下毛毛雨的天气，还责备我和塞昆德斯不该这么无精打采。过了一会儿，老人说想休息，塞昆德斯就带着我告辞先走了。

“我要宣布一件事，”塞昆德斯低声对我说，“如果没有其他朝圣者，朝圣将是世界上最伟大的追求。”

我咯咯地笑了，他说得很对。幽默使人快乐，即便是在这样阴雨绵绵的日子里。

这时，我突然意识到一个问题：那老人一次也没有提到我！他既没有叫我驼子，也没有叫我怪物，他和他的儿子都没有做出请上帝保佑的手势。他们绝不可能是出于好意，毕竟在我看来，那个老人并不是什么好人，一定是他们没注意到。

我震惊不已，连忙伸手去摸我的驼背。我不该这么做的，我永远都不能碰我的背，但是，好奇心占了上风。我的驼背还是那样，而背上的包袱就像甲虫的壳一样……

是包袱遮挡住了我的驼背，而包袱里装着圣彼得的一块肋骨。

是包袱把我的驼背藏起来不让别人看见的吗？现在，我等不及要见更多的人来测试一下了！

我们遇见了一个旅人，随后又遇见了几个，其中有朝圣者、商人、跛脚者，他们有男有女，还有孩子，大家都要去圣彼得台阶参加节庆日。当我们经过时，他们要么点头致意，要么和我们说话，但没有一个人做出请上帝保佑的手势。一个十人组成的朝圣者队伍从他们抬着的一个小桶里盛酒喝，他们也没有骂我或挖苦我，而我很清楚，人们只要喝了酒，就会加倍嘲笑我。

每有一个陌生人经过，我的腰板就更挺直一些。我心想，对那个陌生人而言，我只是个男孩，是个仆人，仅此而已。因此，尽管人和牛把路踩得到处都是烂泥，让我们这段旅途变得更加糟糕，但我的脚步却越来越轻。谢谢你，圣彼得，帮我藏起了我的驼背。

绕过一段弯路，一个镇子出现在我们面前。我从没见过这么大的城镇，冒烟的烟囱就像一片森林，一堵墙如同绷带一样环绕着镇子的边缘，一座雄伟的石桥矗立着。那座桥太长了，我站在一端，都不可能把鹅卵石扔到另一端。有守卫站在桥头，每一个过桥的人都必须给他们一枚硬币或其他代替硬币的东西，毕竟硬币不是什么人都有的。

“啊，是收税官。”塞昆德斯喃喃地说。一个抱着一篮子小猪的女人苦笑了一声，在小猪的尖叫声中，她祈求上帝给这些收税官应得的惩罚。

人群躁动不安地挤向桥边，收税官却不紧不慢。其他人都很不高兴，我却无所谓，再过一、二、三、四……一共四天，我就可以回家了，而这些都将成为我的回忆。

一个酿酒的人辩说自己的酒不值钱，不应该交税，但是收税官摇摇头，拿了一杯酒代替硬币。一个农妇牵着一群鹅来到桥上，当她把鹅蛋交给收税官时，所有的鹅都嘎嘎叫个不停。

在我们前面的是三个穿着灰色衣服的修女，她们一起反对世间的罪恶。“圣职人员是不交税的。”第一位修女向收税官宣布。

收税官望着她们，因为修女们很奇怪地拖着脚，弓着背。这时，第二个修女的衣服突然敞开了，一只公鸡愤怒地尖叫着飞了出来，把大家都吓了一跳，连修女们也吃了一惊。收税官们更是惊讶，就连他们也想不到修女会偷偷带一只鸡。

大家都笑了起来。

“我不知道……”第二个修女说，这时，第一个修女喊道：“我们没有鸡了，那就不需要交税了！”这话不假，公鸡已经扑扇着翅膀跑掉了，它躲开了修女、税金和菜板，所以非常得意。

接下来轮到我和塞昆德斯，人群仍在窃笑。“你真的是朝圣者吗？”一个收税官问塞昆德斯。另一个收税官把我打量了一遍，但他的表情没有改变，也没有注意到包袱下我的驼背。

“我的仆人背着我们的食物。”塞昆德斯咳嗽着回答，“我要给祭坛献上卑微的祭品。你们自然有更丰满的鸟儿去拔毛……”他这话又引起了人们的哄笑。

收税官示意我们过去，我们就这样过了桥。

看哪，我脚下的河水是那么深，人掉下去马上就会被淹没。啊，这座桥是上帝和天才的泥瓦匠共同创造出来的。“老爷？我们不应该警告镇上的人，当心修道士偷走他们的圣物吗？”

“那不是我们的任务，布瓦。我们要做的是保证圣物的安全。”

06 圣彼得台阶

圣彼得台阶镇到了！镇子里可以说是应有尽有，到处人山人海，弥漫着臭气和烟雾。这边一个女士牵着一头白色的骡子，带着三个仆人，那边有一群朝圣者在祈祷，还有个家庭主妇在自家门口卖酒。镇里有很多乞丐，他们都是跛子，但声音洪亮。我的长杆绊到一个又一个人，搞得我都不知道该往哪里走了。走着走着，我竟然看不到塞昆德斯了。

谢天谢地，我只走丢了一小会儿，但是在这短短的时间里，我的心都快跳出来了。“塞昆德斯！”我尖叫着，但我的声音无法穿透周围嘈杂的人声，人们你推我搡，几乎每个人都穿着朝圣者的衣服。

塞昆德斯出现了。他很生气，脸绷得紧紧的，举起了手，我猜他是想打我一顿。但他把手伸进长袍，拿出一根绳子，我用颤抖的手指把绳子系在自己的腰间。幸好他找到了我。我们又出发了，塞昆德斯像牵狗一样牵着我，但我一点儿也不介意，我宁愿做一条有人看着的狗，也不愿做一个迷失的人。有几个人朝我们投来了异样的目光，但多亏了圣彼得的包袱，没人叫我驼子，也没人叫我怪物。

我们继续往前走，路上有人在卖馅饼，有人在卖鱼，还有一些女人在兜售依然热腾腾的小圆面包。有个人吆喝着，说他拥有最伟大的圣物，并把一块放着碎金属、碎布和碎玻璃的板子拿到身前。一位优雅的女朝圣者俯身看向那块板子，她的女仆恭顺地站在旁边。

塞昆德斯停了下来，他指了指一小块木头。“那是什么？”

圣物贩子指着那东西说：“这是载着圣雅各从圣地来到西班牙的那艘船的碎片。”

我大吃一惊。这可是圣雅各触摸过的木头呀，现在任何人都可以买下它！

“我刚买了他的另一件圣物。”那位优雅的女士对我们说。她的确是个很好的人，她自己穿着羊毛做的朝圣者衣服，女仆的长裙上却有松鼠毛皮镶边。“你想看看吗？”她朝我笑了笑，这种发自内心的笑就像阳光一样灿烂。她拿出一个小巧的金色盒子，里面的隔层和我的手指一样多。每个隔层里都放着一小块骨头，只有一个隔层里放的是一块木头。“现在我有了九件圣物，还有一块圣雅各的船上的木头。”女士转向圣物贩子，她的笑容消失了，表情变得冷酷起来，“你还有什么可以卖给我的？”

我跟着塞昆德斯离开了，脑袋还晕晕乎乎的，想着那位女士的圣物和微笑。我们来到一条街上，每个摊位和每扇大门的前面都摆着拐杖，人们吆喝着说从圣彼得台阶买的拐杖能帮助每一个跛脚者。下一条街上则满是鞋匠，那儿的鞋子多得超乎我的想象，有皮鞋，有布鞋，有的上面挂着铃铛，有的上面绑着鞋带，有方便在泥地里行走的厚底女鞋，有室内穿的拖鞋，还有足可以穿上几年的厚实男靴。

我们来到一个很大的广场，上面挤满了人，有穿着带兜帽斗篷的修道士，有穿着长袍的修女（她们可没偷偷携带公鸡！），还有帽子上别着徽章的朝圣者。很多人在卖蜂蜡制成的蜡烛和脚模型。蜂蜡像硬币一样珍贵，可以制成各种样子的祭品。我们走上一座大教堂的台阶，一团团焚香的烟雾从教堂大门飘出来，一队队朝圣者从教堂大门涌进去。有个牧师站在台阶上。“我来给你们讲讲罗马的事。”他喊道。

塞昆德斯抬起头来，往前挤了挤。

“教皇已经宣布今年，也就是 1350 年为圣年，”牧师继续说，“所有今年到罗马的罪人都将得到宽恕。”

在那一瞬间，塞昆德斯的脸上流露出一种我从未见过的渴望的表情。

“在罗马可以找到奇迹！有个患麻风病的女人触摸了一

下圣彼得的坟墓，立刻就好了……”

“麻风病人，”塞昆德斯嘲笑道，“他们就会说这些。”他挤了进去，我别无选择，只能跟着他。

这座教堂看起来也像一颗宝石的中心。即使是在灰蒙蒙的黄昏，教堂的窗户也有着斑斓的色彩，天花板上映出蜡烛的火苗，墙上挂着布，圣坛在远处尽头闪烁着金色的光芒，烛光一闪一闪的。圣坛上有一个箱子，箱门敞开着，所有人都可以看到里面装的东西。

我们继续前进，到处都躺着受伤的人和跛脚者，光是看着他们的脚就感觉很疼。他们手里都拿着拐杖。人们走到那个宝箱前祈祷，八名手持长矛的守卫站在宝箱周围，注视着每一个走近的朝圣者。

塞昆德斯仔细端详着守卫，以及他们身后那些又高又窄的尖顶窗。他还看了看圣坛周围的空间。我们向着圣坛走了几步，我现在可以看到那件珍贵的圣物了……

那竟然是一只鞋，还是一只落满了灰尘的破烂男鞋，是那种连穷人都会丢给乞丐的鞋。

就在这时，你猜谁出现了？就是我们之前在路上遇到的坏脾气老人。他儿子背着他向前走，他则朝人群大喊大叫，还向守卫挥舞拐杖。“我要吻一下圣彼得的鞋子！”

“谁也不能碰这件圣物。”一个守卫回答。

老人手里晃动着一块闪闪发光的蓝宝石。

守卫们看了看彼此，站到一边，让儿子背着父亲上前。他把父亲放在圣坛前，老人把自己的宝石放在上面，得意地笑了起来……

然后，他用又老又脏的手抓起了那只鞋！

人们倒抽了一口气。

“不！”守卫们一边喊一边猛扑过去。

“不！”塞昆德斯睁大了眼睛。

老人把鞋放在自己的嘴唇上贴了贴，便把它放了回去，他大喊道：“我的病好了！真是奇迹呀！”

他站了起来。虽然他还是跛脚，但他可以拄着拐杖走路了。他就这样拄着拐杖走出了教堂。

朝圣者们见到这样的奇迹，都特别欣喜，许多人跪下来祈祷。但是，守卫们皱起了眉头，他们围拢过来，在宝箱前站成一排，塞昆德斯也皱着眉看着他们。

“老爷，”我低声说，“那只鞋差点儿被偷了。”

“守卫们很尽职。”但听起来他并不高兴。他挤出人群，回到了街上，眉头皱成了一个疙瘩。“人群比我担心的还要难对付，我们去找个旅店……”

他猛地抬起头，眼神变得犀利起来。

我吸了吸鼻子，闻到了面包和藏红花的气味，甜酒和炖苹果的香气，还有一股臭味……

一只狗卧在一扇门前睡觉。那是一只臭烘烘的老狗，它在不停地放屁，声音很大，人们都听见了。闻到这股臭味，他们还咯咯地笑了起来。

塞昆德斯勉强笑了笑。“真有意思。”他说。但听起来他并不觉得这很有趣。

说来也怪，他自己身上也散发着一股臭味，可他却不喜欢臭烘烘的狗。我一边跟在他后面走，一边想着这事儿。不过塞昆德斯身上的气味有些不同，要是我能形容出来就好了……

最后，我们来到一所房子前，有个胖女人在屋里的火堆旁叫卖鳗鱼、酒和铺位。“多么可爱的天使啊！”她一看见我就叫道，并没有注意到我的驼背。她吩咐她的女儿来伺候我们。

她的女儿年纪很小，瘦瘦小小的，但精力充沛，她也没有注意到我的驼背。她给我拿来一块很好的蜂房，几只狗立刻围着我的腿打转，她一见就乐了，笑声听起来像潺潺的溪流。“哎呀，在它们眼里，你就像蜜一样甜，真希望它们也这么爱我。”她问我从哪里来，当我说自己是从庄园一路走来的时候，她叹了口气。“你的家一定很好。”

我瞧了瞧四周，看见了宽大的壁炉和挂着蜡布的窗户。

“没有这里好。”我住的羊棚根本就没有窗户。

她又冲我笑了。“瞧你说的！你再不吃那块蜂房，我可要吞下去了。”她小跑着走了，我偷偷地把蜂房给狗儿们吃（我其实不太喜欢蜂蜜）。我惊奇地发现，那种能和另一个人聊天而不被嘲笑的感觉，真是好极了。而且这个人还是个姑娘，和我差不多年纪！她对待我就像对待其他正常的男孩一样。

于是我在一个角落里坐下，在吵闹声中听着她溪水潺潺般的笑声。我警告那些狗不要放屁，否则会惹恼正在和其他朝圣者一起喝酒的塞昆德斯，它们答应我不会这样做。长着斑纹的母狗带着四只胖乎乎的小狗崽趴在我旁边，小狗吃着奶，母狗则把脑袋搭在我的腿上，露出了温和的笑容。另一只长着粗浓杂乱黑毛的狗舔光了我手指上的每一滴蜂蜜，还舔舔我耳朵背后，确保没有一滴剩下。大狗小狗都紧挨着躺在我的旁边，它们吃完了美餐，都没有散发出臭气。在那一刻，我快乐极了，因为有狗儿们爱我，而且我刚刚在圣坛前见证了奇迹。这一天没有一个人骂我，尤其是那个笑声像溪水的女孩，她也没有嘲笑我。

走在路上不被人盯着，不被人咒骂，那感觉真是太好了。不用担心有人用石头砸我，我可以安心地看女士们的微笑，听姑娘们的笑声，那感觉真是太棒了。

一个念头像野草一样在我的脑袋里生长：要是我的驼背消失了，那该多好，那样我就能得到更多的笑容和安慰，我会感到更安全。如果我不是驼子或怪物就好了。

别想了，我命令自己，你不应该这么想的，布瓦，那是不对的。

但是，不管我怎么试图拔掉那根野草，它都不会停止生长。

07

节庆日

我在一群狗中间醒来。今天就是节庆日了，也是在今天，我和塞昆德斯将去拯救圣彼得台阶的圣物！

在我周围，其他朝圣者还在打呼噜。塞昆德斯一个人占了整张桌子，他躺在那里，帽子盖住脸，抓着手杖的手放在胸前，看上去像一具尸体。

胖女人忙得团团转，火上支着锅，她的女儿正用东西在锅里搅拌着。那女孩看到我在一群狗中间，就咯咯地笑起来，笑声使房间里的气氛变得轻松起来。

火堆旁坐着一个盲人，他正在讲故事。女孩点了点头，表示她听过这个故事。朝圣者都醒了，他们都围到盲人身边，我也凑了过去，毕竟谁不喜欢听好故事呢？这个故事要从圣彼得离开圣地说起，他启程去外面传播福音。他穿过了咸咸的大海（那盲人就是这么讲的），登上了法国的海岸，一直走啊走啊，走到了一座山上。在那里，他遇见一个正在乞讨的女人。女人很穷，即便在大雪覆盖的严冬也没有鞋穿。于是，圣彼得把自己的鞋送给了她。他回到罗马后，死在了邪恶的罗马皇帝手里。那女人把一只鞋卖了换吃的，留下了另一只，因为那是一只圣鞋。后来，很多朝圣者都来瞻仰圣彼得的鞋，山顶上的圣彼得山修道院就这样繁荣了起来。

（说到这里，盲人停了下来。女孩给他盛来一碗炖菜，她握着他的手帮他捧住碗。盲人一边感谢她，一边用手指捏着吃了起来。）

圣彼得山的山脚下逐渐形成了一个城镇，就是圣彼得台阶镇。但是，爬上圣彼得山的朝圣者很少在镇子里逗留，修道院的修道士们也完全不关心山下的邻居们。后来，瘟疫暴发了，胆小的修道士们没有保护圣物，反而是热心的镇民把鞋带到了一个安全的地方。现在，圣彼得的鞋给这个镇子带来了巨大的财富，因为每天都有很多人来瞻仰这件圣物。

女孩边听边点头，她脸上挂着笑容，尽管她面对的是一个盲人。

“有太多奇迹发生了！”盲人赞叹道，“就在昨天，有个老人爬了十二法里[①]才到这儿。他爬到圣坛前，吻了吻圣彼

---

① 法国已经废除的长度单位，1 法里 ≈ 4 公里。——编者注

得的鞋，他的跛脚立刻就好了，他跳着舞走出了教堂。”

我高兴得喘不过气来，因为我目睹了那个奇迹！说句公道话，那个老人既不是爬来的，也没有跳舞，但是他的心和他的脚一样，都治好了。对这样一个坏脾气的人来说，这确实是个奇迹……

有人在背后捅了我一下，把我吓了一跳，是塞昆德斯。“走吧，布瓦。”

于是我拾起长杆，拍了拍狗儿们，向笑呵呵的女孩挥手告别。她说狗儿们会想念我的，我不由得希望她也会想念我。然后，我就跟着塞昆德斯走进了晨曦中。

今天的人更多了。塞昆德斯看了看我背上的包袱绑得是否结实，毕竟现在人群这么密集，保不齐谁的手指不老实。他拉了拉我腰上的绳子。“你感觉怎么样？能爬高吗？”

“可以的，老爷。”我用力紧了紧绳子，让他看看我的状态有多好。

“做好准备，到时候一切都会发生得很快，你必须麻利点儿，要照我说的去做。”

我点了点头，心跳都加快了。我们要去拯救圣物了。

我们走向教堂的台阶，在那里，昨天那个牧师正在向大家保证罗马将出现奇迹。塞昆德斯把三天前厨娘给我的银杯递给我，一、二、三，才三天吗？感觉好像已经过去了一、

二、三年了。“举高点儿，来回晃晃，布瓦。”他在我们进去时喊道，“我们要献上祭品啦！让开，让这孩子把祭品献给圣彼得台阶教堂。”

人们见到我手里的银器，都惊讶地叫了起来，纷纷躲开让我们过去。

圣彼得的鞋就放在宝箱里，由守卫把守着。无论富人还是穷人，年轻人还是老人，男人还是女人，都跪倒在这只鞋的前面。

塞昆德斯松开了手中的绳子，点头示意我走向圣坛的台阶。圣坛后面高高的窗敞开着，焚香的气息和朝圣者的气味顺着窗户飘了出去。

我跪下来，把长杆放在身旁，接着把银杯放在硬币、蜡烛和各种蜂蜡制成的祭品的上面，我不由想起了雅克先生在他儿子出生那晚祝酒的情形。我为夫人和她的三个孩子祈祷，也祈祷雅克先生的重伤能够治好。我信守承诺，也为厨娘祈祷：“求你了，圣彼得，不要让厨娘遭受永世的诅咒。”

我瞥了一眼塞昆德斯，他正站在那里仔细打量着守卫。

“还有，求你了，圣彼得。”我低声说，“求你了，我只是一个牧羊人，一个怪物……但是，圣彼得，请治好我的驼背，这样就不会有人盯着我看了。”

就这样，我把这些话清清楚楚地说出来了。

“阿门。”我等待着。

也许不是现在，要过一段时间圣彼得才会回应我的祈祷。

我站起来，手里拿着绳子。塞昆德斯站在那儿，一动也不动。

人群向前挤过来。在我们旁边，一个年轻的母亲抱着一个婴儿，那孩子长着一张粉嘟嘟的小脸，正在吮吸自己的两根手指。母亲惊恐地看着大批朝圣者。即使开着窗户，空气中依然烟雾缭绕，一点儿风都没有，挂在墙上的布纹丝不动。

一个女人尖叫着说她快要窒息了，另一个女人和一个男人也开始尖叫，粉红色小脸的婴儿哭了起来。

“老爷……”

“耐心点儿。”塞昆德斯喃喃地说，“他们要到第三次祈祷的钟声响起时才会来。”

位于我们上方的塔楼上响起了钟声，第三次祈祷的时间到了。

在我们身后，教堂的入口处传来一阵激烈的吵闹声。

“小偷！”有人喊道。

“是修道士！”另一个人叫道，“他们派来了打手！”

修道士！塞昆德斯说对了！

“我们是来拿回我们的圣物的。”一个男人吼道。金属碰撞的声音响起，人群拥挤着想要离开战场。我们被人推搡着，我真怕我们会被他们踩在脚下。那个母亲尖叫着紧紧抓住自己的孩子。

圣坛的守卫们都僵住了，他们的长矛指向外面。塞昆德斯皱着眉头看着。“去救你们的弟兄吧。”他喊道。

“老爷，那个孩子……”

“快去啊，伙计们！”塞昆德斯命令道。但是，守卫们没有动。

“老爷，那孩子会被踩成烂泥的……”我知道我们必须保护圣物，但孩子总比鞋更重要。

“别再提……”他转向我，脸上露出喜色，“你是对的！爬上去，布瓦。爬到窗户那儿，我把孩子扔给你。”

这是一个疯狂的法子，但总好过什么也不做，总好过让婴儿被踩扁。

守卫们紧紧抓住长矛，尽力从人群的上方张望，想看清楚现在战况怎么样了。他们没有注意到，我像蝾螈一样从他们的腿中间向墙壁爬过去。我把绳子甩到身后，抓住挂毯，爬到了窗台边。

“嘿，布瓦！”塞昆德斯吼道。他一把抓住那个婴儿。

“不！”年轻漂亮的母亲尖叫着，扑向她的孩子，她周围的朝圣者也尖叫了起来。

“布瓦！”塞昆德斯喊道。他的声音如此洪亮，守卫们都转过头去看他，那个母亲和其他朝圣者也都看着他。他抬起双臂……

我挣扎着在狭窄的窗台上保持平衡。他在做什么？好人是不会抛起孩子的……

塞昆德斯把孩子向我扔了过来。

哪怕是到了生命的尽头，我也会记得那一刻。所有人都一动不动地站在那里，不论是男人还是女人，每个人都震惊地张大了嘴，齐刷刷地看着孩子飞向我。守卫们转过身来，睁大眼睛注视着。婴儿的嘴也张成了鸡蛋的形状，手臂在烟雾弥漫的空气中摆动着。

我必须救这个孩子，否则他会死的。

我伸出手，两腿紧紧夹住窗台，教堂里的每只眼睛都盯着我。

婴儿在半空中划过……人们都倒吸了一口气……

我双手抓住婴儿，身体努力抵住窗台，确保我们不会摔下去。

那孩子盯着我看了一会儿，然后恼怒地大哭起来。

“我的孩子！”那个母亲叫喊着从守卫身边冲了过来。她抓住缠在我腰上的绳子往上爬，我从未想过一个母亲会如此身手敏捷。很快她就抱着她的孩子，在我身边坐了下来。

顿时，人群的尖叫声更大了，武器的碰撞声和打斗声也更响了。

“布瓦！”塞昆德斯喊道。他也拉着我的绳子往上爬，差一点儿就把我拽下了窗台。他终于爬了上来，得意地大笑一声。“跳吧。”他叫道。我跳到了窗下的屋顶上，从惊慌的人群和打斗的混乱中逃了出来。接着我帮助那个母亲从窗台慢慢爬到屋顶，从长满青苔的瓦片往下爬，我从她手里接过孩子，等她纵身一跃跳到街上，我又把哭闹的孩子递还给她。

“愿上帝保佑你，”年轻漂亮的母亲喊道，“愿上帝保佑你，直到永远。”

“你可以走了。”跟在我们后面跳下来的塞昆德斯厉声说道，“走吧，布瓦。”他冲进了一条满是猫臭味的小巷。我小跑着跟在他后面，兴奋得一蹦一跳的，耳旁还回荡着从教堂那儿传来的叫喊声。我救了一个婴儿的命！我救了一个婴儿和他的母亲，也许还救了我自己，虽然这可能没什么要紧的。

我们穿过巷子，跑过一条又一条街，穿过一扇有两个守卫把守的大门，来到了城墙外面。

“我们做到了。”塞昆德斯高兴地笑了。他帽子上的徽章在阳光下闪闪发光。

“我们救了他们！”

“什么？啊，是的，我们救了……”他嗅了嗅空气中的味道。

空气中全是腐烂萝卜的味道。“别担心，老爷，烂萝卜闻起来就像狗屁。”

“什么？”

“昨晚那只狗……你不喜欢那股味儿，其实，烂萝卜和狗放的屁是一个味儿。”

他大笑起来。“啊，那条放屁的杂种狗。你说得对，狗屁就是烂萝卜味儿。啊，布瓦，我会想你的。”

想我？

“你真的很擅长爬高，”他笑着说，“你能想到那个孩子，真是挺聪明的。”

我忍不住笑了。骄傲是每个人堕落的根源。

我们继续走着，塞昆德斯沉浸在他的思绪中，我也想着自己的心事，绳子拖在我身后。我见证了两个奇迹：治愈的老人和被抛起来又得救的婴儿；我还看到了圣彼得的鞋（我不知道那只鞋怎么样了……但孩子比鞋更重要）；我和一个姑娘说了话，她没有叫我怪物，还有一个漂亮女士朝我微笑；我按照厨娘的吩咐为她做了祈祷，到时候向厨娘说起这件事，该会多美好啊，也许厨娘再也不会对我大喊大叫了。

我很高兴我们有三天时间回到庄园，我要利用好每一分钟，把这些故事在我的脑海里好好整理。也许有一天，当我又老又瞎的时候，我会讲这些故事来换取一点儿蜂蜜喂狗。也许我不只可以和狗、山羊说话，也许我会有一个朋友，他的笑声听起来就像泉水汩汩流过岩石那样……

我们走着走着，已经离河边不远了。我看到上游有一个可以涉水过河的地方，那儿有一根长长的湿绳子，一个牧人正紧紧抓住绳索，带着牛穿过齐膝深的水。

塞昆德斯仔细研究着他的书。他指了指那处浅滩，说："你得从那儿穿过去。"

"是的，老爷……"我不喜欢他说"你"，好像只是我一个人要那么干似的。

他皱起了眉头，我的心立刻像停止跳动了一般。我虽然不识字，却善于观察人。我想起他说过他会想念我的，一瞬间，我意识到他这是要打发我走。

08 岔路口

“求你了，老爷！”我跪了下来，“请不要抛下我。”

“站起来。之前我需要一个能爬窗而过的男孩，可现在我不再需要这样一个人了。”

“求你了，老爷……”

“闭嘴！把包袱给我。长杆呢？”

长杆！“对不起，我弄丢了……”

“丢了？那我怎么带着这块肋骨！”

“我可以给你另找一根……”我沿着小路冲了过去，但是，这个世界这么大，偏偏连一根棍子都找不到。在我身后，塞昆德斯激动地抓着他的书，他的沉默给了我思考的时间。我知道，靠我自己是绝不可能找到回庄园的路的，庄园在西边，可西边太大了。即使我知道怎么走，我自己也走不回去的。人们会认为我是逃出来的，或是做了其他更糟的事。我有可能被强盗杀掉，还有可能被狼吃掉。

但是另一个念头钻进了我的脑海，就像一棵藤蔓在石头缝里慢慢生长，而这个念头的特点就是虚荣。自从塞昆德斯把他的包袱绑在我的驼背上以来，还没有人叫我驼子或怪物。我很高兴，真的非常高兴。我喜欢别人的微笑，我希望可以见到更多人的笑容。

每走一步，这个念头就在我心里放大一点儿。我认为山羊们是不会想我的，它们只是想念我的陪伴而已，但它们不需要我，毕竟山羊又聪明又强壮；奥克斯可以欺负别人；至于厨娘，我已经把银杯捐了，也为她的灵魂祈祷过了，我完全可以诚实地这么说，但我不用着急回去报告这件事。

我拍拍背上的包袱，它柔软而温暖，我的心为之一振。

“你在干什么？”塞昆德斯不耐烦地说。

“对不起，老爷，我就是确定一下圣物是不是安全。”我是在感谢它的保护，希望我能继续背着它。“老爷？”我小心翼翼地问。

“怎么了？”

“我真的很喜欢……我知道这不是我该干的……但我很喜欢背着你的负担……”

“我的负担？”

“是背着你的包袱，老爷。”

塞昆德斯猛地转过身来。那一瞬间我真怕他会扇我耳光。“你不了解我的负担是什么，你根本就是一无所知，”他挥舞着他的书，“看。”

书页上都是字，都是我不懂的文字、图画和线条。有的整页都划掉了，还有的书页边缘上都是字。“这是我的追求，是几十年……甚至是几个世纪……积累下来的知识。圣彼得的七件圣物……我有地图和平面图，我还有……秘密。六个月前，也就是在我前往巴黎之前，我才知道那群修道士要袭击教堂。这是最后一个细节，至少我是这么认为的。”他毫无预兆地向我抡起了拳头。

我吓得一缩，不过他没有打我，只是要抓我背上的包袱。不过他没有抓到，因为他一碰到包袱，就尖叫了起来。

“那就是我的负担。”他啐了一口，随即大步走了起来。

我跟在他后面，身后拖着绳子。我还能怎么办呢？

“收集六件圣物，把它们带到罗马的圣彼得墓。肋骨、牙齿、拇指、胫骨、遗骨、头骨、坟墓……多简单。在我所有的研究中，我遗漏了什么？我遗漏了一个几乎不值一提的事实：我竟然不能碰圣人的骨头！”他怒视着手掌上的伤疤。

“老爷，罗马？你说的是罗马吗？”塞昆德斯要去罗马？

啪的一声，他折断了树上的一根树枝。

罗马！哎呀，每个人都知道罗马是奇迹之城，只要到了圣彼得的坟墓跟前，身体和灵魂就都能得到治愈。“老爷？”

“把包袱给我。”他伸出树枝。

“让我侍候你吧。”

“什么？”他觑着眼睛看着我，“为什么？”

“因为……我愿意背着这个包袱，这样你就不会被灼伤了。”因为我想去见圣彼得的坟墓，我想变成一个正常的男孩。

我捡起了拖在身后的绳子，哪怕泥巴弄脏了我的手。这就是我作为一个仆人勤快的表现：为了塞昆德斯，我就算满身粪土也无所谓。“你可以做我的主人，我就给你当仆人。我会像侍候雅克先生那样侍候你……”我小心翼翼地解开绳结。

塞昆德斯沿着小路大步走着。

我追上他，把绳子递给他。

他把绳子扔到一边，继续往前走。

我跟上他的步伐。“我可以很快的，我能走得跟大人一样快。”一、二、三……三天前，我还非常害怕这个朝圣者，只要能避开他，要我做什么都可以。而现在，我什么也不想做，只想成为他的仆人。我一定要去罗马，在那里，在圣彼得的坟墓跟前，圣彼得将赐给我一个奇迹。这样厨娘就会接受我了，奥克斯也会接受我，不会再有人嘲笑我、朝我扔石头，我也不再是一个怪物。

我们走到一个岔路口。左边是一条潺潺流动的河，河边的浅滩很宽阔，右边是一条小路。

塞昆德斯停了下来。

我气喘吁吁地停下脚步，因为我一直努力不落在后面，现在感觉很累。

我站在那里，背上的包袱暖暖的。我像一个听话的仆人一样低着头。我真想跪下来，但我感觉这么做并不能使他动摇，反而会适得其反。

“你什么都不吃。”他没有看我。

“是的，老爷。”我本可以多说几句，但我没有。

“你可以背着……”他的嘴角扭曲着，“只要你不拖累我，我的圣物就可以让你背着。然后……”

“是的，老爷。”我不会拖累他，绝对不会。

他从上到下打量着我，看一眼我的红色旧风帽，又看一眼我那双过大的破靴子。“走吧。”他快步走上小路，远离河流，远离庄园，直奔罗马。

啊，我的心怦怦地跳，但我没有说话，而是把想说的话藏在了心里。我没有说谢谢，主人，没有说我必须去罗马摆脱我的驼背，没有说主人，我要告诉你真相——我不是个普通男孩，我是个怪物。

所以，我是个骗子，是个走在去罗马的路上的撒谎怪物。我真坏。

·圣物窃贼·

第 二 部 分

09

第二件圣物：牙齿

我们一路都在往高处走，我走得连气都喘不上来了，却没有放慢脚步，因为我要去罗马！

我要去罗马，我要变成一个正常的男孩。

这听上去多美好啊。

山越来越陡，小路上出现了台阶，台阶又连成了阶梯。这段阶梯又滑又旧，有些地方的石块不见了。我摔了几次，小腿疼得钻心，但我没有耽搁一点儿时间。

塞昆德斯停了下来，他激动得脸都红了，随即拿出了那本书。“那块石头像不像一头正在休息的奶牛？”

我仔细一看，觉得确实很像。他书中的画看起来和那块石头一模一样。

“这里面是我们以后需要走的路线。”他仔细研究其他的画和周围的字，还看了看划掉的字。“圣彼得山修道院……有很多地方可以用来藏那颗牙。”他抬起头来，松开紧皱的眉头，咧嘴一笑，“这么看来，我们不得不一物换一物了。”他把手伸进随身带着的小布包，拿出一件满是灰尘的东西，又飞快地放了回去。

我倒抽了一口气：“那只鞋！”那是圣彼得的鞋，是圣彼得台阶教堂的圣坛上的那只鞋！

他又笑了笑。“走吧，布瓦。”他继续快步往前走。

“但是……”就在塞昆德斯把婴儿扔给我的那一刻，每个朝圣者都扭头看着我。每一个女人，每一个男人，包括每一个守卫，他们每个人的脸都朝向我——我这才明白过来，所有人都瞧着我，只有塞昆德斯除外。因为在那一刻，他把手伸向了圣坛。“但是，老爷，你说过我们必须保护这只鞋的。”

“你觉得鞋在那群暴徒手里安全吗？再说了，如果不是我们，那孩子肯定会被踩死。婴儿和鞋，这真是一个分散注意力的绝妙办法。布瓦，这主意真是棒极了。”

“可是镇上的人不想要他们的圣物了吗？”

“你也听到那个盲人的话了，是镇上的人从修道院拿走了鞋，我们只是把鞋还回去而已。”

但我想说，你在拿那孩子的生命冒险，也在拿我的生命冒险。你说的话听起来是真的，却把我搞糊涂了。你说……

“老爷，你说过圣物会把你灼伤。”

“聪明的孩子。那我怎么能拿着这只鞋呢？因为它是假的……啊，我们终于到了。”

阶梯的尽头是一堵墙，看起来都快塌了，上面爬满了常春藤，嵌在墙上的大门已经变形，这里就是圣彼得山修道院。它曾经是一座堡垒，不过如今已经破败不堪。除了风的呼啸声，我听不到任何声音。在这个地方，没人有潺潺流水般的笑声。

塞昆德斯挺起胸膛，走了进去。

我跟了上去，我的心里还满是震惊，无法不去想刚刚才得知的真相——塞昆德斯拿了那只鞋！

从铺路石缝隙间冒出的草长得很高，在风中来回晃动，顶部插着十字架的坟堆上也布满了杂草。这地方该是遭受过多么严重的瘟疫啊。

一个佝偻的看门人拖着脚向我们走来。塞昆德斯说了些什么，又递过去一枚硬币，看门人就把我们领进了一个大房间。风虽然吹不进房间，屋内却非常冷。一个人坐在屋内，正低着头祈祷。

他是在为山下那些去抢圣物的修道士祈祷，难怪他看上去很忧心。

“你好，院长，很抱歉我们打断了你。”塞昆德斯把一枚薄薄的金币放在桌上，“我可以占用你一点儿时间吗？”

院长看看那枚金币，又瞧瞧塞昆德斯。他扫了一眼塞昆德斯帽子上的徽章。“对不起，我恐怕无法为你提供酒……”

“悠闲的午后才应该享用美酒，我这次来是有正事要办。我认为，你们想要一件圣物。”

就是我主人身上的那件圣物，我努力不让表情泄露自己的心思，在山下的镇子里，人们正为了这圣物打得不可开交。

修道院长用力拍了拍桌子。“镇上的人说他们把圣物拿走是为了保护圣物，但事实并非如此，趁着我们照料垂死的兄弟，他们就把圣物偷走了。那只鞋如果还在，就会有朝圣者来……”

“啊，”塞昆德斯微微一笑，“这正是我来这里的原因。很久很久以前，我听到了一个关于修道士的非同寻常的故事。有个修道士在罗马的‘众教堂之母’教堂①任职，而圣彼得的头骨就在那里。”

修道院长的表情渐渐变得不安起来。

“啊，我相信你知道我在说什么。根据故事里讲的，那个修道士一点儿也不老实。一天晚上，他在负责守卫圣坛的时候决定看看那件圣物。他看到了圣物……但是，他竟然偷

① 指的是位于罗马的拉特兰圣约翰大教堂。教堂始建于公元4世纪，保存着圣彼得和圣约翰的头骨。教堂的入口两侧用拉丁语写着“世界所有城市教堂之母”。——编者注

了一颗牙齿。”

修道院长狠狠地瞪着塞昆德斯。

“圣彼得头骨上的一颗牙齿。你应该知道，那个恶棍逃离了罗马，最后去了法国，来到了一座山顶上的修道院。这是一所献给圣彼得的修道院，那个恶棍相信，这在某种程度上可以减轻他的罪过。修道院接受了圣物，也就是圣彼得的一颗牙齿。而且，当时修道院的院长答应会把牙齿归还罗马。”

“不可能的……没人知道……”

“可是那位修道院长始终没有兑现诺言。”

“如果这件事是真的，也是很久以前的事了，他们都死了。”

“啊，死亡。”塞昆德斯笑了，“你我都知道，像这样的圣物，它价值的黄金足以铺满这座山。但如果你宣布那颗牙齿在这里，教皇一定会否认，因为圣彼得只属于教皇所在的圣城。如果一个不起眼的修道院宣称拥有第一任教皇身体的一部分，就是在暗示朝圣者不必辛苦跋涉前往罗马……想象一下牧师们和旅店老板们会有什么反应吧。你可能会被送上法庭，被控犯有偷窃罪、欺诈罪……”

“不是偷窃！我的意思是……没有人偷窃，是牙齿自己跳到那个可怜的修道士的手上的。”

“啊，这个版本更有意思了，就是不知道有谁会相信。”

“圣彼得希望我们拥有那颗牙齿。”

“有这种可能，但现在这件事对你们没什么好处。你们拥有一件对你们来说一点儿用处也没有的宝物，”塞昆德斯把手伸进他的小布包，“而我请求用一件你们可以使用的宝物来换取那颗牙齿。”他把圣彼得的鞋放在了桌子上。

修道院长深吸了一口气。他张口结舌地望着那只鞋，又看向塞昆德斯，甚至还看了看我，脸上的表情令人捉摸不透……他咬着牙，拿起硬币，走了出去。

我和我的主人等待着。塞昆德斯擦了擦他的额头，他的双颊泛着红光，眼睛也闪闪发亮。“布瓦，你会打架吗？”

“不知道，老爷……不过，我能跑。”为了不那么丢脸，我补充了一句。

“那就准备跑吧。修道院长要么把我想要的东西拿来，要么就是抢走这只鞋……你看连挂毯都被卖掉了。”

此时我才注意到石雕的钩子上空空荡荡，墙壁上什么都没有挂。这个房间原本应该很漂亮才对，挂着挂毯，点着蜡烛，有炉火在熊熊燃烧。

一阵脚步声响起。修道院长回来了，只有他一个人。

塞昆德斯的肩膀放松了下来。

修道院长把一个小盒子放在桌子上。那是一个金色的盒子，上面画着一个留着卷曲胡须、手拿钥匙的人，是圣彼得。

“打开。”塞昆德斯低声说。

修道院长皱起眉头，但还是照办了。盒子里面有一颗发黄的牙齿，这颗牙齿已经残破不堪，看上去糟透了。

“拿着吧，布瓦，”塞昆德斯说，“盒子就不要了。”

我拿起牙齿，感觉它暖暖的……不过在那个寒冷的房间里，任何东西都会叫人感到温暖。

修道院长瞥了塞昆德斯一眼，抓起那只鞋。那只鞋破破烂烂，沾满了尘土，世人都当它是圣彼得的鞋。

塞昆德斯站在那里。“真是笔好交易。愿这只鞋带给你们所有应得的福气。”他朝门口走去，我像一个仆人应该做的那样，小跑着跟在他后面。尽管我的脖子有些刺痛，但我只顾跟着我的主人，头都没有扭一下。

我们到了门口，看门人不见了。

我们安全了。我心想……

一阵比雷声更震耳欲聋的巨响传来，我吓得大叫起来。

“那是钟声，布瓦，”塞昆德斯笑道，“你从没听过教堂的钟声吗？”

我当然听过教堂的钟声，但我从未在这么近的地方听过。

“多么美妙的声音，不是吗？”他在响亮的钟声里喊道。

我想说的是，这声音太大了。

“他在宣布奇迹发生了！”

巨大的钟声震动了大地，远处的山头传来了回声。

我们匆匆走下粗糙的石头阶梯。在敲钟间隙的寂静中，我能听到有人在说话，是有人唱着歌从山下向我们走来了，是修道士们从镇里回来了！

我们走到那块形状像奶牛的岩石前，低头躲在石头后面。不一会儿，一群修道士就出现在了石阶上，还有些人跟他们一起，看上去像是打手，他们都拿着剑和带血的手杖，身上的绷带都渗着血，修道士们扶着伤者。修道士不能打架，所以必须派别人去打。此刻他们都很高兴，就连那些打手也是一边唱着歌，一边走上台阶。

我连大气都不敢喘，向我背上的肋骨和手中的牙齿祈祷，希望我和塞昆德斯不会被修道士和打手发现！在我身旁，塞昆德斯把拳头放在嘴唇上。

那些人一个接一个地从我们身边走过，他们的歌声一直没停，没有人朝奶牛形岩石后面看……

他们走远了。

我松了一口气。

塞昆德斯呼出一口气，挺直身子。“快点。”他说着走上了一条小路。这条小路带着我们远离修道士，远离圣彼得台阶镇。我们走得很快，我紧握着手中的宝物，一刻也不敢放松。

终于，他停了下来。“给我。”

我张开手，手心里是那件圣物，看着又旧又破，还带着脏兮兮的黄颜色，但它的确是颗牙齿。

塞昆德斯递给我一块有着阳光般色泽的丝绸。“把它包好了，放到包袱里，要小心。”

我用丝绸把圣物包裹起来，然后费力地解开包袱。塞昆德斯只是看着，没有帮我。最后我总算把牙齿塞了进去。

“很好。”他擦了擦额头，继续往前走。

“幸亏你那个修道士朋友没有看见我们。”我补充道。说这话时，我感到自己是个聪明人，这感觉真好。

他皱起了眉头。“谁？”

“告诉你教堂会遇袭的那个修道士呀，就是六个月前……”他不记得了吗？

塞昆德斯大笑起来。“你说他呀，那个修道士早就老死了，现在快点儿走吧。”

我们继续往前走。雾气笼罩着我们，天下起了毛毛雨，我的山羊皮被打湿了，变得很重。最后，我们来到了一条路上，看到了一间小屋，最近有绵羊在屋里住过，但我并不在意。塞昆德斯踢开屋内脏乱的东西，把他的羊毛斗篷铺在地上。“来这里躺下，布瓦。”

“谢谢，老爷，但我不需要……”

“躺下！”他命令道，“你需要休息。”

我瘫倒在斗篷上。谁会不喜欢羊毛，而宁愿睡在寒冷的泥土地上呢？我太累了。

塞昆德斯锁上门，在一个角落坐下。他点燃了从口袋里掏出的一支小蜡烛，仔细看他的书，他的眼睛里闪着光。他从另一个口袋里掏出一支羽毛笔和一个塞着软木塞的小瓶子。

我睁大眼睛看着他。“老爷……你还会写字？”

“我能读能写，真是了不起。”他用羽毛笔蘸了蘸瓶子里的墨水，微笑着划掉了一个词语。他挥舞着书让我看，那个词好像是“牙齿”。

“现在我有了牙齿和肋骨，我的线人可真帮上了大忙。”

“线人？”

“就是给我提供消息的人。每个人都掌握了一些消息，比如那个修道士。我要做的是把这些零碎的消息收集起来。”他吹了吹书页上的墨迹，“现在就只剩下拇指、胫骨、遗骨、头骨和坟墓了。”

“拇指、胫骨、遗骨、头骨和家。”我重复道。

“不，布瓦，不是家，而是坟墓，是一座能把我带到天堂的坟墓。”

10 洗 澡

打雷了……一阵很轻柔的雷声……

我醒来发现胸口趴着一只公猫。它长着橘黄色的毛，身上有斑纹，两只耳朵不太对称。这只猫像个统帅一样趴在我的胸口休息。喵呜，你这张床好极了。

“我猜……”塞昆德斯的声音从屋子另一端传了过来，“我敢打赌，每天早上我都能在你身上发现一种动物……现在我的斗篷上都是猫毛。”

公猫打了个哈欠，一点儿也不觉得抱歉。它支起两只耳朵，挺了挺身体，接着，它从墙上的一个洞钻了出去。

耳边传来了叫嚷的声音。是粗犷的男声在唱歌。

“快点儿，布瓦！”塞昆德斯抓起他的手杖，冲到了外面。我像兔子一样跟着躲在树篱后面。

路上的转角处拐过来一队骑士，他们的侍从举着旗子，几个壮汉牵着一辆牛车。啊，他们看起来是那么神气，连盔甲都闪着光。我清楚地记得雅克先生以前就是像这样装束整齐，然后去玩乐一整天。

塞昆德斯咬着嘴唇。“不要发现我们，”他嘀咕道，“我不能死，现在还不行……”他用力地抓着手杖，指关节都发白了。

骑士们唱着歌，其中一个在剑柄上打着拍子。雅克先生也有一把那样的剑，这种剑特别重，我都拿不起来……他们彼此传递着酒壶，大口地喝着酒。这酒壶像是平常人家会用的，他们是从哪儿弄来的？

我瞥了一眼塞昆德斯，他似乎屏住了呼吸。我的心开始狂跳。如果他都觉得害怕，那我就该吓破胆了。

一个骑士挥舞着火把，吼着说酒壶里没酒了。侍从急忙从牛车上的酒桶里给他倒酒。牛车上有一张床垫、一个雕花的箱子，还有一只蹄子——不，是一只山羊，是两只，两只死山羊。

我强忍着才没有叫起来。

手持火把的骑士在我和塞昆德斯刚刚逃离的小屋前停了下来，把火把扔进了屋，他的伙伴们哈哈大笑，还拍起了手。

没有一个人去看看小屋里是否有人。

我吓得浑身哆嗦，邪恶的骑士们却在鼓掌喝彩。

火焰在茅草间蔓延，浓烟翻滚着向上升起，骑士又吩咐侍从倒酒。

一匹骑士的马转向树篱。那是一匹栗色的种马，鼻子上有道疤，它的耳朵竖起来了。哈……我闻到味了，有人在那里。

我的心脏停止了跳动。别，乖乖马，我低声说，别看我们，求你了。

骑士皱起眉头，顺着马的目光望去。火焰噼里啪啦地燃烧着，火苗直往上蹿。

塞昆德斯在我身旁吮吸着牙齿。

那匹马的鼻孔张大了，它发出一种饥饿的猛兽在扑食时才会发出的声音：哈！我要和你战斗。

求你了，乖乖马，我恳求道，我们对你没有恶意。你很快就可以去打仗了，你还能吃到麦子，喝到啤酒。因为看骑士那样子，就知道他宁愿让自己的新娘挨饿，也会把马喂饱。

骑士盯着树篱，还拔出了剑。

屋顶突然倒塌下来，带起了无数的火花。

麦子呀，乖乖马！还有啤酒。请你看别的地方吧……

巨大的种马从树篱的叶片间望过来，与我的目光相遇……它猛地摇了摇头，嘴里发出一种比说话更具表现力的声音，然后转身走了。哈哈，我要找更厉害的人战斗。

骑士也皱起眉头，转开脸，把剑放回了剑鞘内。

那匹马扬起它那好看而无情的脑袋，小跑着离开了。其他骑士跟了上去，侍从跟在他们的后面，财富和死亡之车也走远了。

小屋的墙壁轰隆一声倒了下去。

塞昆德斯擦了擦额头。“在我那个时代，这些野蛮人会像旗子一样被串起来的。”

我深深地喘了口气。“他们是强盗吗？”

“比强盗更坏。”

还有什么能比强盗更坏呢？强盗是邪恶的歹徒，他们埋伏起来，抢劫诚实的旅客，有时甚至夺走他们的生命。“他们是……狼吗？”

他轻蔑地哼了一声。“差不多吧。那些都是英格兰人，都是当兵的……应该说他们曾经是士兵。英格兰国王派他们来法兰西发动战争，但他不再给他们钱，也不会带他们回家。”他小心翼翼地绕过树篱，走到满是烂泥的路上。一想到我们要是还在小屋里，肯定性命不保，我就忍不住发抖。求你了，圣彼得，保护我不受英格兰人的伤害吧，还有，请保护庄园……

塞昆德斯拂去长袍上的树叶，他的长袍……

“老爷，你的斗篷还在屋里呢！”我转向燃烧的小屋，他的斗篷还在屋里的地上……

他开始赶路。“用不着担心了，那斗篷早被烧成灰了，也许它已经下地狱了。”他哼了一声。

“老爷？”我不喜欢谈论地狱。

“这是我常说的一个笑话，你就别较真了。斗篷就在地狱里等着那些骑士呢。啊，前面是个十字路口。”他拿出他的书，一边看一边用手指敲着书页。

太阳升到了空中，天气变暖了，时间一点点过去，我的恐惧也消失了。我们常常回头看，歪着头仔细听，但附近并没有英格兰骑士。“野蛮人。”塞昆德斯喃喃低语。我为可能会遇见英格兰骑士的人祈祷。

我们来到一个十字路口，这儿有一个雕刻得很精致的十字架，塞昆德斯照例查阅他的书。他一页一页翻着……突然他盯着我看。“我现在带着一个男孩，这孩子很会爬高，又能侍候人……你会侍候人，对吗？”

“是的。我给雅克先生倒酒、端脸盆，我还给他端盛有食物的大盘子……”

“你那身衣服穿多久了？”

“自从有人把衣服给了我，我就一直穿着。”永远不要暴露你自己，我一次都没有暴露自己，这件束腰外衣至少有一年没离开过我的身体了。“你闻起来像山羊一样臭，”他闻了闻他的腋窝，表情变得扭曲，“我们都得洗个澡了。”

我们走了一整天。我们经过荒废了两年的大片麦田，枯死的麦秆间长出了小树，树枝乱七八糟的，田地就这样变成了森林。我们路过空无一人的村庄，那些村庄里的居民要么搬到了镇里，要么就是去了天堂。村庄里没有人，但至少没被英格兰人烧毁。

我们来到一个繁忙的小镇，镇上只有几所房子空着。塞昆德斯找到一家生着火的旅店，把我留在店里，我立刻在几只狗之间睡着了。

过了一会儿，他轻轻地戳醒了我。“布瓦，我带你去看一样东西。”

咦，他看起来不一样了。他的脸洗得很光滑，长袍刷得干干净净，身上没有汗味，也没有酸臭味，反而有股薰衣草的香气。

他把我带到一个房间，里面有一大盆灰色的水。“那是浴盆，进去吧。”

“我身上会湿的。”

他笑了。“这正是关键。你把包袱拿下来，再脱下衣服，用肥皂擦洗身体，”他指着一个白色块状的东西，“尤其要洗洗你的头发。洗完之后，就把衣服穿好……”他对着一堆新衣服点点头，“不要再穿山羊皮了。明白吗？”

“是的，老爷。”用肥皂洗头发，谁听说过这种事？

他吹着口哨走开了，看起来我的主人心情不错。

我瞪着浴盆发呆。我的确见过别人洗澡，可我自己从没洗过澡。永远不要暴露你自己，我从来没有脱过衣服。

但我必须乖乖听话。我用一个箱子堵住了门，这样谁也进不来了。我做了祈祷，便解开包袱，脱下了我那臭烘烘却很暖和的山羊皮，又扯下了靴子和袜子，害羞地脱掉了外衣，但没有摘掉风帽。

我非常小心地试了试水。塞昆德斯洗的时候水一定很热，而现在水只是温热，不过对我来说已经够了。我慢慢地走进浴盆，看着灰色的水变成黑色……也许我真的有点儿脏。我向后一靠，感到很惊讶，因为我从没在这么深的水里坐下过。我开始擦洗身体，手指、脚趾、脚趾缝、腋窝、胳膊肘和膝盖……我甚至用小树枝刮了刮指甲下面。最后，我极不情愿地摘下风帽，像夫人给雅克先生洗头那样，把水往头上泼。我虽然没有被淹死，但也差不多了。

我按照主人的吩咐，用肥皂擦洗了一遍身体。第一次没有擦起泡沫，我于是又擦了一遍。我用肥皂洗了耳朵和脖子，但没有在驼背上涂肥皂，我是决不会碰那里的。再三确定没人看，我才像只狗一样从浴盆里爬出来，在满是鸡腥味的房间里擦干身子，然后迅速转向新衣服。

啊，那件束腰外衣！它是蓝色的，虽然旧了，却异常柔软。这件衣服很大，能盖住我的驼背，我以后就算长个子了，也照样能穿。穿着蓝色外衣背包袱，感觉真不错。“你看见了吗，圣彼得？”我问，“你能看到我们看起来有多光鲜吗？”新的紧身裤是坚果那样的棕褐色，同样旧而柔软。

这时传来了脚步声。“洗干净了吗？”塞昆德斯喊道。

“是的，老爷。谢谢你的衣服，老爷……”

“门怎么打不开了，你做了什么？”

我连忙跑过去挪开箱子。

“让我看看你……你的头发一直是这样的吗？”

我的脸腾地一下就红了，奥克斯奚落我的话在我耳边响起，他叫我“公主”。我伸手去摸风帽。

“不，不要戴上风帽，你的头发很好看。”塞昆德斯微笑着说，他的眼睛很明亮，双颊很红。

吃饭时，他向其他吃饭的人问了许多问题，没多久就提出请他们喝酒，他还把他们说的话记在他的书上。那些男人看到我的卷发，咧着嘴大笑，但没有叫我公主或怪物，对此我很感激。一个梳着长辫子的女孩为他们倒满了酒，她看了看和狗坐在一起的我，我皱起了眉头。当她把手伸向我的头发时，我的眉头更是皱成了一个疙瘩。“请不要碰。”我请求道……

但她想摸的是我的袖子，而不是卷发。“这衣服是我弟弟的，”她低声说，“紧身裤也是。他不在了。”

“我很抱歉。”我能说的只有这句话。想了想，我又说了一句从彼得鲁斯神父那里学到的话：“我们会失去我们所爱的人。这就是生活的法则。”

她点了点头，眼神变得恍惚。“但我们还记得他们，不是吗？他的衣服找到了一个好归宿……你要酒吗？吃不吃面包？”

我摇了摇头。我不喜欢面包，不过我还是感谢了她的好意。我和狗依偎在一起，狗儿们总是爱我的，它们也想蹭蹭它们失去的那个男孩的外衣。

接下来我要告诉你们我和塞昆德斯吃完饭去了哪里。我们去了卧室！一间有床、枕头和干净床单的卧室。

我目不转睛地盯着房间，塞昆德斯见了哈哈大笑起来。“你以前从没见过床吗？”

“我从来没睡过床。”

“那现在就到上面去睡吧，这是你应得的。”

我没脱衣服就爬了上去，因为我永远不会暴露自己。那个男孩睡过这张床吗？我也为他祈祷，答应好好保护他的外衣和紧身裤。这一天发生了那么多事：我们遇到了可怕的英格兰骑士，走了那么远的路，我洗了澡，还穿了新衣服……

塞昆德斯在地上坐了下来。

我马上坐起来，我真没礼貌！“老爷，我睡地上……你来睡床……”

“不，布瓦。我喜欢寒冷的感觉，真的。”他咳嗽了一声，伸了个懒腰，他的眼睛似乎在黑暗中闪闪发光。

他的眼睛很明亮，脸颊很红，他不停地咳嗽。

我倒吸了一口气，我怎么早没想到呢？塞昆德斯在发高烧。

我的主人病得很厉害。

11

被泪水浸透的面纱

我梦见奥克斯嘲笑我的卷发，叫我漂亮小妞儿。我猛地醒来，在黑暗中喘着粗气，用双手按住自己的卷发，一遍又一遍地念叨着*我要去罗马，我要变成一个正常的男孩*，说着说着，我又睡着了。

第二天早上，我们出发了，不过塞昆德斯要我把风帽和山羊皮都丢掉，他说那两件东西都很难闻。所以，我只好一边走一边用手压着我的卷发，盼着灿烂的阳光不要照在我的头发上。

他咧嘴笑了。“别担心，布瓦，头发是你的优点。”

然而，我不知道什么是优点，我担心这会是一种侮辱。在日光下，我可以看到他烧得面颊通红，眼睛里闪着不健康的光芒，但我没有提起这件事。我跟在他后面，他在十字路口停了下来，翻开书来看，我也停下来等他。他又去问路，我就赶紧跑到他身后跟着，我可不喜欢别人看见我。

我们脚下的路一直向山上延伸，走着走着，我们转了个弯，终于到达了山顶。从这里可以看到一座座绿油油的山丘，天空布满了羊毛一样的云。远处的山顶上矗立着一座有围墙的教堂，教堂的尖顶很别致，在另一座山上有一座城堡，在阳光下闪闪发光。

塞昆德斯笑了，啪的一声合上了书。“我接下来要得到什么……”

“是拇指……”终于可以不用再想着生病或和头发有关的事，真好。

“你记得我说的每一句话吗？是的，就是拇指，但要得到它可不容易。”他向山下走去，边走边讲故事，既是讲给我听，也是讲给他自己听。

这个故事与远处那座有围墙的教堂和那座城堡有关。城堡名叫黄金堡，因为建造城堡的石头是黄色的，闪烁着美丽的光芒。几十年前，一位漂亮的女士住在黄金堡里，这位女士不能生育，所以她很伤心。她去了西班牙、坎特伯雷和罗马朝圣，可惜她的祈祷没有得到回应。最后，她回到了家，在附近的一个女修道院里寻求安慰。她在祷告时流了很多眼泪，连面纱都被泪水浸透了。一年后，她生下了一个男孩。

这是个奇迹，消息一传开，许多城镇的妇女都来到女修道院祈祷，她们的祈祷也得到了回应。黄金堡的女主人把被泪水浸透的面纱和一半的土地送给了修道院，其他心怀感激的母亲也纷纷给修道院送上礼物，就这样，修道院壮大成了一座大教堂。修女们每年都在酒里清洗那块被泪水浸透的面纱，再把神圣的洗纱酒装在小玻璃瓶里出售。许多国家的人都到这里朝圣。

这真是个好故事，有谁不愿意听关于婴孩的故事呢？不过这只是故事的前半部分。后半部分讲的是那位女士的儿子，也就是黄金堡的少爷。这位少爷本应该感激他母亲的祈祷和努力，但他却不满她把那么多土地送给修道院，他认为土地本应属于他，而且他的儿子、孙子和曾孙也是这么认为的。黄金堡的现任主人正在巴黎起诉修道院，要求收回土地。

结果，上帝把他的妻子抛却了，这就是故事令人伤心的地方。他们结婚十年了，他的妻子都没能生下一个孩子。她请求向被泪水浸透的面纱祈祷，但修女们不允许她去，她们甚至不让她喝一小瓶洗纱酒，除非她的丈夫取消诉讼。

“太糟糕了，”我大声说，“这位妻子太可怜了，她的丈夫确实很卑鄙，但这与她毫无关系呀。”

塞昆德斯也是这么认为的。这位妻子来自一个贵族家庭，事实上，她的祖先参加了第一次十字军东征，并在战斗中立下功劳。教皇为了感谢他，把一件圣物赏赐给了他。那是一把剑，剑柄上镶着圣彼得的拇指骨。这位先人在每一场战斗中都使用这把剑，把圣彼得握在自己的拳头里。多亏了圣彼得的保佑，他每每都能赢得胜利。他的后代也一直使用这把剑，久而久之，剑刃都磨损了。带有珍贵拇指骨的剑柄一直是这个家族最珍贵的财产，也是那位妻子的嫁妆。

修道院的尖顶现在离我们很近了，我能在吐出嫩芽的橡树中间看见它。“照你这么说，”我问，“圣彼得的拇指在那个不能生孩子的女人手里？”对于我们接下来要做的事，得像拆解一张蜘蛛网一样，一步一步来。“我们应该帮助她，你不这样认为吗？”我突然想到了一个绝妙的主意，“我们可以拿到面纱，交给她！”

塞昆德斯笑了。“这个主意不错，如果是我想出来的就好了。”

“她一高兴，就会把拇指送给我们了。但是……”我的喜悦顿时消失了，“修女们怎么可能把面纱给我们？”

“啊，有家旅店。”塞昆德斯惊叫道，“今晚肯定过得很漫长，我们去吃点儿东西吧。”我没有得到答案。

旅店里挤满了旅客，他们一边吃饭，一边像乌鸦一样说长道短。有几个人问我们有没有受到过威胁。

“什么威胁？”塞昆德斯倒着酒问道。

我们这才知道，强盗在不到二十里格[①]远的地方袭击了一群朝圣者。“太可怕了，太可怕了。”一个小贩说。

“是很可怕。”塞昆德斯附和着，给自己切了一片烤肉。

一个男人靠了过来，从他漂亮的衣服、腰带上挂着的上锁小包和那副趾高气扬的神态，可以看出他是个信使，而且是给贵族送信的。“他们说那些强盗非常邪恶，身上有一股硫黄味。”

塞昆德斯双眉紧蹙。他狠狠地敲了几下桌子，才继续吃烤肉。“有没有别的消息？”

我没听说过硫黄这个词，但我知道塞昆德斯还讨厌哪些气味，比如烂萝卜、狗屁……

我蹑手蹑脚地走到那个正在用刀柄敲坚果的信使身边。“对不起，”我低声说，“那个……强盗身上有屁味吗？”

好吧，即使我把一条蛇扔进了鸡舍，也不会闹出这么大的动静了。信使哈哈大笑，又重复了一遍我的问题，同时抓住我的胳膊不让我走开。我臊得脸颊滚烫，可每个人都笑得直流眼泪，用手去擦眼睛，重复着“强盗身上有屁味吗”这句话，好像一个绝妙的笑话是无法被咽下去的，只能一次又一次地被呛出来。

---

① 古代欧洲长度单位，1 里格 ≈ 4.8 千米。——译者注

不过，塞昆德斯没有笑。他把烤肉塞进嘴里，大口喝着酒。“走吧，布瓦，”他命令道，声音穿透了笑声，“我们还有任务要完成。”我们很快离开了旅店，默默地快步前行。

我鼓起勇气发问：“老爷？硫黄味是什么？”

“是地狱的臭气。”他回答道，但没有放慢脚步。

这倒是有道理，毕竟屁和萝卜都不是天堂该有的味道。但是……啊！“那些强盗是从地狱来的吗？”

他大笑一声。“不是的，人们都是自己作恶的……别老是想着硫黄了，布瓦，我们现在有更大的问题。”

我们走进了修道院。

12

盗 窃

哇，这座修道院真气派，里面有教堂、医务室、酿酒厂、食品室、为朝圣者准备的招待所、为出身高贵的女士准备的高档招待所……甚至还有人在贩卖面纱形状的铅质徽章。

我们穿过教堂，来到一个用铁栅栏隔开的小礼拜堂，一个看上去凶巴巴的修女看守着这里。礼拜堂里立着一座三人高的圣坛，朝圣者们跪在地上，紧握着手里的小瓶，凝视着圣坛顶部一个置于架上的水晶宝匣。宝匣里放着一块发黄的亚麻布，不过圣坛太高了，下面的人很难看清楚。

塞昆德斯跪了下来，但他的眼睛一直盯着那个修女。

我跪下来，注视着，等待着。被泪水浸透的面纱竟然在那么高的地方！我的膝盖都开始疼了。“我们要找那个修女要面纱吗？”我低声说。她看起来不像个好说话的人。

“嘘。”塞昆德斯朝修女的方向摇了摇头，他把我带到教堂最黑暗的地方，那儿太黑了，我不由得害怕起来。他把手伸进长袍的领子，拿出一把小钥匙。小钥匙系在一根绳子上，有点儿生锈了，散发着烂萝卜、臭鸡蛋和污浊空气的气味……我立刻意识到，塞昆德斯身上的那股酸臭味，全是拜这把钥匙所赐。当然，那本书也很臭。

他环顾四周，发现没有人注意到我们，就打开一扇门，向我点点头，示意我进入一个小房间。

我吓得直往后退——那个房间的墙边摆着几副石棺！

但是，塞昆德斯锁上了我们身后的门。“不要害怕，这些人不会介意和我们在一起的。”

他掏出一小截蜡烛，借着烛光，坐在一个角落里。

“可是老爷，这不是……”我突然意识到了事实，“你要去偷浸透泪水的面纱！”

“不是的，布瓦，是我们一起把它偷走。”

“我不是贼！”

“你确实不是，但是你不想帮助黄金堡的那位可怜的妻子了吗？”

“我想呀，可是……”

“修女们不会帮她的，她的丈夫也不会帮她。”

“但是……”我沉思着，“我们偷不到的，面纱是锁在屏风后面的。”

塞昆德斯咧嘴一笑，举起那把臭烘烘的钥匙。“看，布瓦，这是地狱的钥匙，地狱的钥匙可以打开每一把锁。”

“什么？你是怎么……”我试着寻找合适的字眼，“他知道钥匙在你手里吗？”

“你是指撒旦？”他哼了一声，“他只会偷懒，不会管这事的。坐下，布瓦，我给你讲个故事，是我从一个男人那里听到的一个传说，这个人以前当过教皇。”

“你认识教皇？”

“确实认识几个，他告诉我……你用不着那么惊讶。”

“你认识教皇？”

“请闭上你的嘴好吗？教皇给我讲了一个传说，一个关于圣彼得的传说。你知道的，圣彼得拿着天堂的钥匙，站在天堂的门口。”

“他留着卷曲的胡子，彼得鲁斯神父是这么告诉我的。”

“是的，那位教皇告诉我，如果有人把圣彼得所有的圣物都带到他在罗马的坟墓，如果有人把他所有的碎片聚集在一个地方，圣彼得就会打开天堂的大门。所以我必须找到所有关于他的圣物的线索。我要确定它们在哪里，怎么才能……得到它们。肋骨、牙齿、拇指、胫骨、遗骨、头骨、坟墓。你知道的，对付守卫，可以贿赂，也可以欺骗。但是，要打开锁，就需要钥匙。”

“地狱的钥匙。”这句话让我浑身发抖。

“是的，我必须去天堂，布瓦。”他咳嗽得停不下来，好一阵才气喘吁吁地说，“你看，我的时间不多了，我……很不好。”

他没有再多说什么，我也没有再说话。我们坐了好几个小时，烛火摇曳，我思索着什么是罪孽。偷窃是不道德的，这是肯定的。但是塞昆德斯想进入天堂，这是很好的，不是吗？帮助一个女人生孩子，这是邪恶的吗？彼得鲁斯神父会说不是。

希望成为一个男孩而不是一个怪物，这是邪恶的吗？

在我们的头顶上，响起了远处传来的赞美的钟声，标志着第二天的到来。

塞昆德斯伸了个懒腰。“准备好了吗，布瓦？”他盯着我，“布瓦？”

我点头，但只是轻轻地点了一下头。我会为他偷东西，会有时做一些坏事，因为我必须帮助我的主人，我必须帮助那个没有孩子的女人，最重要的是，我必须去罗马。

教堂里漆黑一片，只有供奉面纱的圣坛上燃着蜡烛。我们走近圣坛，我的心都要从嗓子眼里跳出来了。

塞昆德斯愣住了。

锁着的屏风后面跪着一个修女，她在守卫圣坛。

我们该怎么做？我们不可能不惊动她的……

一个声音传到我们的耳朵里，是粗重的喘息声，那个修女在打鼾。

塞昆德斯的嘴唇抽动着，他看看我，又抬头看看面纱。我摇了摇头，但他已经在开锁了。

啊，我不愿意做这件事，但我必须成为一个正常的男孩。

于是，我踮着脚尖绕过修女，开始攀爬那座有三个大人那么高的圣坛。不要翻倒啊，圣坛，我祈祷着，千万别发出吱嘎声。

我爬了上去，但脚在光滑的大理石上滑了一下……好在只是轻轻滑了一下。我没有掉下去，修女仍在打鼾。

你正在犯罪，我责备自己。但另一个想法也出现了，那是一个邪恶的想法：这么做还挺好玩的。

我爬到放着水晶宝匣的架子前，那件发黄的圣物就放在匣子里。布瓦，别把这当儿戏，我告诫自己，这件事非常重要，而且关乎生死。

我低头向下望，只见塞昆德斯站在那里看着我。

我伸出手，打开水晶宝匣，拿出面纱，并感谢了圣彼得。

我合上宝匣的盖子，把面纱塞进上衣，开始往下爬。

就在此时，一声轻微的吱嘎声响起。

宝匣的盖子弹开了。

修女的鼾声停止了。

我一动也不敢动。不要醒啊，修女。

修女咕哝了一声，抓了抓脸，“老天……”

我慌了神，四处张望，却发现塞昆德斯不见了！

“你睡着了，”她嘟囔着，“要是她们发现你又睡着了怎么办？”她埋怨自己的疏忽，抚平了袖子，抬起头来。

此时，我刚爬下一半圣坛。我紧紧贴着圣坛，像只受惊的兔子那样，瞪大了双眼。

老修女眯起了眼睛。“老天，那是什么？”

我一动也没动，但是，烛光太亮了。

老修女笨拙地站了起来。“不。”她低声说。她那双发红且泪汪汪的眼睛在我身上上下打量着，扫过我的蓝色外衣、脸庞和头发。

不要这样，我一边这样想着，一边尽量不眨眼睛。

“这不可能……我必须告诉其他人。”她一边注视着我，一边在她的长袍里摸索着，然后，她拖着步子走了，临走时还瞥了我一眼。“修女们。”她跌跌撞撞地大喊着穿过教堂。

“修女们，我看见天使了！”

13

第三件圣物：拇指

我们离开教堂的前门时，老修女还没走到教堂的后门。塞昆德斯知道修道院食品室后面的墙上有一扇门，走出那扇门的那一刻，我对那把能打开所有锁的钥匙充满了感激！然后，我们跑了起来，一轮圆月照亮了我们的道路。没错，我很怕强盗，很怕狼，我还非常怕黑，但现在这个时候，我怕的只有修女。如果她们抓住了我们，该怎么办呢？如果她们发现那块被泪水浸透的面纱正藏在我的束腰外衣里面呢？

不久，教堂的钟声响起，不同于祈祷或庆祝的钟声，这是充满警告的钟声。它促使我加快速度奔跑，我上气不接下气地快速奔跑着。

有马蹄声接近！塞昆德斯抬起头，我们赶紧跳进一条沟里，透过杂草看到一个骑马的人疾驰而过，他是从修道院出来的。

我顿时被恐惧包围了，心脏扑通扑通地跳，但塞昆德斯笑了。“布瓦，这人是去黄金堡的，很快那个女人就会知道面纱被偷了。”

“那太糟糕了，老爷！”

他咧嘴笑了。“应该是太棒了才对，等我们到了的时候，她就已经做好交易的准备了。”

我们没再看到有人骑马过去，不过我一听到夜行动物的叫声，甚至鸟鸣，都会吓一跳，然后一遍又一遍地检查塞在腰带和外衣里面的面纱。

天亮了，黄金堡矗立在我们前面，它在粉色的黎明中闪闪发光。城堡真美呀，美得就像一个故事。

“扮演好你的角色，布瓦，该跪下的时候就跪下。”塞昆德斯擦了擦额头，“我的命运如何，就看现在了。”

城堡的院子里挤满了像椋鸟一样吵闹的人，每个人都叽叽喳喳地谈论着面纱失窃的事。塞昆德斯边走边听。

两个男孩看看我，窃笑起来。我那乱糟糟的卷发……至少他们没有注意到圣彼得包袱下的驼背，祝福圣彼得。

“来吧，布瓦。”塞昆德斯喊道。他和一个男人在一起，那人是管家，长得尖嘴猴腮的，穿着礼服。他瞪了我一眼，便领着我们进了城堡。上了楼梯后，我们穿过了一条昏暗的走廊。

塞昆德斯挺直了肩膀。

我们走进一个房间。多好的房间！夫人在天堂的房间一定也这么漂亮：地上铺大理石，窗户上镶着玻璃，即使现在是白天，屋内也燃着蜡烛，每一面墙上都挂着画……

塞昆德斯在我身旁跪下，管家也跪了下来。直到这时，我才看见有个女人在一座金灿灿的圣坛前祈祷。

我跪倒在地，睫毛下的眼睛来回看着。终于，那个女人完成了祈祷，来到我们面前，她就是黄金堡的女主人。她从头到脚都戴着金色的饰物：金色的纱网罩着她的棕色头发，长裙上绣着金色的花朵，长而尖的鞋上同样有金色的装饰物。

我们鞠了个躬——我也按照所学的那样鞠躬。尖嘴猴腮的管家在女主人耳边低语了几句，她叫我们站起来。她胸前的十字架上有一块水晶镶板，我看到里面有一块骨头。“你的卷发真漂亮。”她柔声对我说。

塞昆德斯笑了。“这孩子长得漂亮，内心也非常诚实。”

“还是个驼子？”尖嘴猴腮的管家问道。

我皱起了眉头。我有好几天没听过这个词了，此时感觉就像挨了一记耳光。不，是先挨了一个耳光，又被人拿石头砸了。我必须去罗马，成为一个正常的男孩。我要跪在圣彼得的坟墓前，用手触摸坟墓的墙，到时候，一切就都会好起来了。

“别说了，”女主人责备管家，她转向塞昆德斯，“言归正传吧，想必面纱是在你手里？”

塞昆德斯挑起了眉毛。“夫人，我不知道你在说什么。”

“够了，”她怒斥道，“你想要什么？”她指了指圣坛。上面竖着一只金脚和一只金手臂，毫无疑问，它们里面都有骨头。玻璃容器里也放着一块块骨头，它们虽然发黄了，却还微微闪着光。圣坛上还有许多盛着圣油和血液的小瓶子，烛光一照，看上去亮晶晶一片。

塞昆德斯仔细端详着。“我在寻找一件特别的圣物，是教皇的圣物……圣彼得的拇指。”

女主人僵住了。“你是怎么知道的？”

他笑了。“我听过很多故事。”

“那件圣物是教皇的礼物，是奖励给我的曾曾曾曾曾曾祖父的。”她说了这么多个“曾”，也没有结巴。

塞昆德斯冷冷地笑了。“我听说他最大的本事就是屠杀无助的婴儿。”

房间里顿时变得鸦雀无声。女主人的嘴唇和脸颊都发白了。“你胡说什么？”

塞昆德斯笑了笑。“我要拇指。”

管家向前探了探身子。“先给我们……先给夫人看看面纱。”

但塞昆德斯只是微笑着。

女主人皱起眉头，用指甲敲着戒指，然后，她转身对管家说："去拿吧。"

管家拉住她的胳膊。"夫人，你是女人，女人会有智力不足的时候。你知不知道剑柄里的圣物是无价之宝？至少……"

女主人甩掉了他的手。"你是我的仆人，剑柄是我的嫁妆，马上给我拿来。还有，你对我说话要恭恭敬敬的。"

管家低下头，嘴唇紧闭，慢慢地从圣坛下面取出一只盒子，慢慢地打开盒上的锁。盒子里放着一只碎裂的剑柄，一些皮革的碎片粘在上面。

塞昆德斯伸手去拿剑柄，却又猛地向后一缩。他笑了笑，向我点点头。

我按照他之前教我的那样跪在女主人的面前，然后从外衣的里层掏出被泪水浸透的面纱，恭恭敬敬地递了过去。

"宝匣呢？"管家问，"就是那个水晶宝匣？"

塞昆德斯对女主人说："你要的是匣子，还是孩子？"

管家的脸立刻红了。"可是，夫人，我们怎么能知道这块破布就是面纱呢？"

"当然是面纱，你这个笨蛋。"她把面纱举起来，"我马上就会有孩子了！今年就会有！"

"拿好拇指，布瓦。"塞昆德斯小声说。

我伸手去拿剑柄，管家瞪着我。剑柄太重了，我咕哝了一声。确实有强壮的男人用过这把剑啊。想象一下，一个骑士在圣彼得的拇指的保护下，勇猛地参加战斗！

“拇指。”塞昆德斯重复道。现在我看到剑柄上有一扇小门，门内是一个隔间，里面装着一根拇指的指关节骨。

“夫人……”管家开口道，他的声音很冷酷……可是她瞥了他一眼，他只好住口，他知道面纱已经成了女主人的心头宝。

我把剑柄留在了雕花精美的盒子里，把拇指骨紧紧攥在手里。

我们离开城堡下山，尖嘴猴腮的管家从城垛上狠狠瞪着我们。塞昆德斯紧握手杖大步走着，但我注意到他的另一只手在颤抖。

我们匆忙赶路，不时改变方向。我尽可能麻利地把拇指塞进背上的包袱里。圣彼得看到这么多自己的身体部分集中在一起，该是多么高兴啊！

塞昆德斯终于停了下来，我们两个都有些气喘。他拿出羽毛笔、墨水和臭烘烘的书，翻到目录那一页，喃喃地说：“肋骨、牙齿、拇指、胫骨、遗骨、头骨、坟墓。”他挥挥手划掉了“拇指”这个词，并指给我看。

14

一个得了风寒的小男孩

那天剩下的时间里，我们路过杂草丛生的果园，走过被藤蔓压得塌陷的小屋，看到麦田都变成了树林。空气里透着春天的气息，我想是不是很快就能脱掉靴子了，现在我的靴子上都是洞，皮子都磨没了。我真盼着可以光脚踩在上帝的泥土上。

一个声音传到我的耳朵里，那是一种很轻的嘎嘎声，但声音没有间断过。我四处张望，既没有看到鸭池，也没有看到鸭子。塞昆德斯板着脸走着，他的脸上一点儿笑意也没有。

“老爷，你……”我的问题真奇怪，“是你在发出鸭叫声吗？”

“我？怎么可能？”他忍不住笑了。

接着，我们就开始模仿各种动物的声音：牛、鸽子、猪、山羊、马、燕子、猫、百灵鸟、鹅和鹰。又轮到我的时候，我想不起该模仿什么动物，于是我动了动嘴，但没有发出任何声音，还辩说自己是在模仿蝴蝶的叫声。我说完就大笑起来，塞昆德斯也笑了。

塞昆德斯用下唇抵住上唇，从鼻孔里喷气。

“老爷，你在干什么？”

“我在模仿一种动物，你猜猜是什么。”

“请原谅我，你这根本不是动物。”

“是动物，我模仿的是大象。”

“大象是什么？”

“大象有三匹马那么大，皮肤是灰色的。大象的鼻子很长，比你的身高还要长。”这太荒谬了，一点儿也不好笑，所以我没有笑。

“我说的是真的。大象来自东方，在打仗的时候用处很大，反正以前的确是这样的。”

我试着想象一匹巨大的黑马，长着和我的身高一样长的鼻子……但我怎么也想象不出来。我说：“咔布咔布咔嘟。”

“那是什么？”

“那是……”我想了想，“那是蛇獭。”

“什么是蛇獭？”

“就是……就是一种长着蛇头的水獭，它会爬上玫瑰为晚餐歌唱。”

“啊，你知道咩叭叭叭吗？那是一种巨大的燕子，它的爪子和人的脚一样，它想落在树枝上，但总是掉下来。”

“因为它的爪子太大了！”

“是的。”他严肃地回答，“就是因为它的爪子太大了。”

我们一直这样说呀说呀，我笑得肚子都疼了。

塞昆德斯看了我一眼。“你的笑声很像我儿子。”

我立马笑不出来了，塞昆德斯有个儿子？“你……你有儿子，老爷？”

“是的。不过我试着不去想他，不然我就会很伤心。许多年前，他……死了。他母亲也不在了。我的妻子啊。”

塞昆德斯有妻子？不过他肯定该有妻子，不是吗？毕竟，要两个人才能生孩子。啊，有时还需要一块被泪水浸透的面纱。“你有妻子？”

“是的，她叫弗莱维娅，我儿子叫卢修斯……我已经很久没有提起过这些名字了。”

“啊，老爷。”

“他到处跑，好像不会走路似的。后来，有一天他得了风寒。他还那么小，却得了这种病……我们派人去请医生。那些医生都很博学，可与现在的大夫不一样。但他还是死了。”

他最后这句话充满了悲伤。

塞昆德斯凝视着远方。“我们悼念他，把他埋葬了。后来，我又埋葬了我的妻子，但他们没有下地狱。”

“我……我很抱歉，我很高兴他们没有下地狱。”

“是的，我也是，他们不是罪人。”

“老爷，你也不是罪人。”

“你这样说真是太好了，但我犯了很多罪孽。我保护了强者，没有做弱者的后盾；我保护了富人，让穷人提出的合理要求得不到回应。”

“你保护了我，而我是我所认识的最弱的人。”

然而，塞昆德斯没有回答，他一直在出神。

走着走着，路上出现了积水，我们不得不放慢脚步，小心翼翼地走着。芦苇丛里的鸟儿在巢里唧啾啼叫，远处，茶隼在天空中鸣叫。但我并没有注意到这一切，我的脑子里一片混乱。塞昆德斯居然有个儿子！他有儿子，有妻子，他非常想念他们。失去孩子和妻子，那是多么可怕啊……我想到了雅克先生。可怜的雅克先生，他也失去了家人。我必须为他祈祷，希望他能得到安宁。

那天晚上我们在一个空谷仓里过夜。我的生活多么有趣，一晚睡在床上，一晚睡在棺材旁，现在则睡在屋顶有破洞的棚子里。

我照常做了祈祷，又为雅克先生和塞昆德斯的家人做了祷告。塞昆德斯还在研究他的书，他的朝圣者徽章反射着篝火的光。

一阵沙沙声响起。

塞昆德斯斯拿起他的手杖，我的身体僵硬了。

一群鹅从墙洞里摇摇摆摆地走了进来。它们用黄色的眼睛瞪着塞昆德斯，对着他嘎嘎乱叫。鹅群走到我面前，你啄我，我啄你。

塞昆德斯笑了起来。

嘘，嘘，鹅群对他厉声叫道，我们都觉得你太吵了。然后，它们对我说：我们都认为你需要腾点儿地方。

除了躺下，我还有什么选择?

两只鹅趴在我的胸前，另外两只趴在我的腿上。我们都觉得你太瘦了，它们抱怨道，然后把头埋在翅膀下面。

“我倒是听说过鹅羽毯。”塞昆德斯道，“但从没听说过活鹅毯。你是怎么做到的？”

“我不知道，动物们每次都是自己出现的。”

嘘，嘘，鹅命令道，你们打扰到我们睡觉了。

“晚安，老爷。”我低声说。

“晚安，布瓦，你真了不起，能爬上圣坛，侍候贵妇，现在还睡在家禽下面。”

“谢谢你，老爷。”谢谢你把你儿子的事告诉我。

15 难解的谜题

黄金堡尖嘴猴腮的管家站在我身旁。“你这个驼子。”他嘲讽地说，同时举起一只手，做出请上帝保佑的手势，我看到他的手是金子做的。“我一直在盯着你呢。”他低声说。他一面牢牢注视着我，一面咬掉他那坚硬的金手指，他的眼睛也是金子做的……

我们醒来的时候，鹅群已经走了，我躺在那里想着管家的样子，不由得瑟瑟发抖，只好用意志力驱使自己站起来。我们离开谷仓，冷风呼呼刮着，天空中乌云密布。我没有听到鸟鸣，只有去年的橡树叶子还挂在树枝上，像关节一样嘎吱作响。

今天肯定不会顺顺利利的。

我们继续往前走，看到几个男人费力地推着一辆装有一大块奶酪的大车，女人们竭尽全力赶着一群固执的鸭子，还遇到一个牧羊人正把一只羊拖进小镇。

今天是赶集的日子，只是没什么人，天气这么冷，连乞丐都不出来了。家庭主妇们在卖热葡萄酒，倒是生意兴隆，几个小贩围在火堆旁。风吹透了我的外衣，我揉搓着自己的胳膊，山羊皮虽然很臭，但我真的很想念它，要是圣彼得的包袱能温暖我身体的其他部分就好了。

“圣物，朝圣者最爱的圣物！”一个圣物贩子叫道，他指了指塞昆德斯的帽子，“我这有个不错的徽章，你肯定喜欢。”

塞昆德斯的目光扫过那人的桌子。

我恨不得凑过去烤烤火，但我还是在原地等待着，这才是仆人该有的样子。

“可以治好任何伤口的圣多马的血，国王私人礼拜堂的尘埃，还有约旦河的水，”商人挥动着一根带有金色斑点的羽毛，“我还有天使的翅膀！”羽毛上沾满了干涸的鲜血，颜色都变深了。

“你在鹅毛上镀金，实在是太浪费了。”塞昆德斯一边咳嗽一边扫视着桌子。

“我相信有位圣人能治你的咳嗽……”

“我很好，”塞昆德斯厉声说道，“我只是不习惯吹冷风而已。”

我的眼睛在来自二十多个圣地的圣物上来回游移，有圣地的棕榈叶，有装在玻璃盒子里的碎骨。彼得鲁斯神父见到这些，一定会很高兴。他教给我很多关于圣人、圣物和象征物的知识。一个小盒子闪着光，那是个黄铜盒子，只有我拳头的一半大小。

我走近仔细瞧了瞧。我很想摸摸它，这个盒子似乎能使寒冷的空气变暖。盒盖上刻着一头猪，这倒是非常奇怪，我不知道猪也有圣徒。

塞昆德斯大步走开了。“走吧，布瓦。”

“来了，老爷，”我无法把眼睛从盒子上移开，“那是一只非常好的猪……”

“猪！”圣物贩子嘲笑道，“这刻的是一把钥匙，盒里装的是圣彼得的圣物。”

塞昆德斯回到桌旁。“你说什么？”

“几个世纪前，邪恶的撒拉逊人袭击了罗马城，他们甚至掠夺了圣彼得的坟墓。有人偷了一块圣彼得的脚趾骨，他的家人一直保存着这块骨头，认为有一天骨头会为他们带来财富。一个去圣地朝圣的修道士听说了这块脚趾骨的事……”

“修道士请求瞻仰这件圣物，他亲吻了脚趾骨，然后把骨头放在嘴里，就这样拿走了它。”塞昆德斯打了个哈欠。

“什么？你怎么知道？”

“欧洲一半的圣物都有同样的历史。如果我给每一个咬下圣人身体一部分的修道士一枚硬币，那我必须像国王一样富有才行。”塞昆德斯伸手去拿那个盒子，但他的手猛地弹开了。

圣物贩子噘起了嘴唇。“先生，你这是亵渎圣物。”

“走吧，布瓦，我受够讨价还价了。”但是塞昆德斯没有动。

“你只要掏三个弗罗林[①]，就能拿走这盒圣物。”圣物贩子说。

三个弗罗林？一个弗罗林就能买一只绵羊！他竟然为一个黄铜小盒子开出三只绵羊的价格？

“三个弗罗林？”塞昆德斯挑起了一边眉毛，“我宁愿买一头猪。”

“两个。”

“很好。”塞昆德斯扔给小贩两枚薄薄的金币。

“拿上东西，布瓦。”

我拿起盒子。我只能很遗憾地说，盒子上刻的图案看起来非常像一只猪，一点儿也不像钥匙。我谢过小贩，跟着塞昆德斯离开。盒子温暖了我的手，这可是一件价值两只绵羊

---

① 欧洲曾经通行的金币，重约 3.5 克，是后来大多数欧洲金币的原型。——译者注

的圣物啊！

塞昆德斯在人群中迂回前进，避开小贩、鸡群和水坑，很快我们又回到了路上，寒风吹着我们的脸。“把盒子放进包袱里，”他怒视着黄铜盒子命令道，同时把书抽出来，“怎么会遗漏呢？”

“遗漏什么，老爷？现在情况很好，不是吗？我们刚刚发现了圣彼得的脚趾。”

他朝我转过身来，眼神里满是凶光。

“我不需要脚趾！肋骨、牙齿、拇指、胫骨、遗骨、头骨、坟墓。没有脚趾！只有这七件，不是八件！七是一个完美的数字，我是在哪里出错了呢？”

他大步走着，只顾着看书，我只好自己思考。我一次又一次地回想起塞昆德斯向圣物贩子扔硬币的情景。我主人的钱包里有两枚弗罗林，两枚弗罗林！诚实的人辛辛苦苦地干一辈子，也攒不下这样一笔财富。一个朝圣者竟然带着这么多黄金，简直不可思议，这让我感觉很不舒服。

暮色降临，天暖和了一些，东方的云层散开了，露出一轮明亮的满月。我们来到了一座废弃的教堂，教堂的门和大部分屋顶都没了，但这里仍然是一个避难所，黑暗的角落并没有让我特别害怕，因为教堂里的影子和外面的影子是不同的。

“我遗漏了什么呢？”塞昆德斯合上书，又喃喃地说着他说了无数遍的话。他靠墙坐了下来。“布瓦，至少让我看看包袱里都装了什么。”

我费了好大劲，才解开了胸前的绳结，然后小心翼翼地把圣物一件件摆好：

一块肋骨，用黑天鹅绒包裹着，布料上有象征着法兰西国王的百合花。

从圣彼得山修道院得到的一颗牙齿，用太阳色的丝绸包裹着。

从黄金堡弄来的一块拇指骨。

一块装在黄铜盒子里的发黄的脚趾骨，盒盖上刻着一把钥匙（或者一头猪）。

“肋骨，”塞昆德斯说，“肋骨、牙齿、拇指、胫骨……现在该轮到胫骨了，不是脚趾。”

“肋骨、牙齿、拇指、胫骨，”我低声说，“遗骨、头骨、家。”

“你为什么总是记不住？不是家，是坟墓才对。”他怒视着黄铜盒子，“我一点儿也不喜欢这样。把它们收起来吧，布瓦，这可不是好兆头。”

我把四件圣物放回包袱：脚趾骨放在小黄铜盒子里，拇指骨和牙齿一起用太阳色的丝绸包起来，肋骨包在天鹅绒里，那天鹅绒是多么柔软，象征着法兰西国王的百合花是多么漂亮。然而，塞昆德斯……

我突然意识到了真相，感觉就像挨了沉重的一击。

我不知所措，蜷缩在角落里思考着。

塞昆德斯的声音从地上飘了过来。“我应该做进一步的调查才对……不，消息来源不可靠……也许阿维尼翁城[1]那个贪婪的傻瓜会知道……”

我应该安慰塞昆德斯的，我应该告诉他，找到圣彼得的脚趾骨意味着他的追求得到了祝福。圣彼得希望我们找到它。

但我不能，因为我正忙着琢磨他是从哪里弄来的金币。

我忙着琢磨从法兰西国王的礼拜堂里拿来的肋骨，它用天鹅绒包裹着，上面印着国王的印章。

地狱的钥匙可以打开每一把锁，塞昆德斯就是这样告诉我的，我也目睹了钥匙开锁的过程。他就是用那把钥匙把我们藏在修女的教堂里，打开了放置被泪水浸透的面纱的小教堂，并逃出了修道院。他在圣彼得台阶偷了那只鞋，在修道院里用它换了牙齿。

那塞昆德斯是如何搞到圣彼得的肋骨的？只有一个解

① 法国东南部城市。——译者注

释，他一定是用地狱钥匙在巴黎偷的。

那些金币肯定也是他偷来的。

那么，我的主人是如何得到那把散发着硫黄味的钥匙的呢？

我的心悄悄地说，也许塞昆德斯是个恶魔。

快停止，我命令自己连想都不要想。我使劲儿闭上眼睛，紧紧地攥着装有圣彼得圣物的包袱，我把我知道的祈祷文都念了一遍，希望能把这种想法赶走。

16 天使

奥克斯在追我，他带着几只猎狗一直对我穷追不舍。

我试图向自己解释猎狗是爱我的，但不知为什么我就是做不到，只能惊慌地在灌木丛中奔跑，猎狗循着我的踪迹狂吠不止。捕猎，捕猎！它们吠叫道，狂吠声中充满了杀戮欲，我们闻到他的气味了！

醒醒，我命令自己，这只是一个梦，醒来，布瓦，快醒醒……

我醒过来，却面对着一个更糟糕的噩梦。

月光洒在我们过夜的教堂废墟上。外面，有猎狗正在疯狂地吠叫，马发出嘶嘶声，金属碰撞的叮当声不停地响起。

我抓起圣彼得的包袱，一跃而起，我必须逃走！然而教堂没有别的出口，墙也很高，根本爬不上去。

塞昆德斯面对着门口，紧握着他的手杖。

我多么希望教堂里可以布满阴影，但是云层已经散去，月亮也移动了，黑暗的教堂此时像白天一样明亮。

猎狗冲进教堂。捕猎，捕猎！它们叫道，杀呀！猎狗一闻到气味，就有点儿疯狂了，它们扑向了我……

我缩到角落里，猎狗虽然很想攻击我，却只是在我周围狂吠。

“回来！”一个猎人喊道，手里拿着鞭子大步走进来。他的皮带上挂着一只猎角和一把刀，他噼啪地抽着鞭子大喊：“回来！”

猎狗听到声音有些畏缩。捕猎！它们喊着，颤抖着冲了回去。

教堂里又进来一个人，他手里握着一把剑，走上前来，正对着塞昆德斯。他把剑抵在了塞昆德斯的喉咙上。

塞昆德斯没有退缩，他握着手杖的手没有哆嗦，他一动也不动。

猎狗跳了起来。我们找到他了，鞭子人！我们是跟着面纱上的气味过来的！

不要伤害我，好猎狗。我恳求道。

猎狗困惑地看着猎人。他会和我们说话，鞭子人，还要捕猎吗？

第三个人进了教堂，这个人我认识，就在不到两天前，我还见过他，他就是黄金堡里尖嘴猴腮的管家。在我的梦里，这个人为了得到金子，折断了自己的手指。他走近塞昆德斯，说："你是圣物贼。"

塞昆德斯端详着他。"我没有偷你家夫人的圣物，我和她是做了交易的。"

鞭子人，鞭子人，我们该怎么办？猎狗叫道。

"是的，"管家讥笑道，"但被泪水浸透的面纱是你偷的，我还从一个圣物贩子那里听说你偷了圣彼得的脚趾。"

猎狗太吵了，它们叫个不停，我都听不见塞昆德斯他们说话了。请安静一点儿！我恳求它们。

塞昆德斯皱起了眉头。"我没有偷脚趾骨，我是花了两个弗罗林买下的那块可怜的骨头。"

那个小孩子能和我们说话！猎狗叫道，捕猎吗，杀掉他吗？

请不要杀我，我恳求道，虽然我知道你们可以做到，你们是很棒的猎狗。

"两个弗罗林？"管家嘲笑道，"你我都知道那件圣物值多少钱。"他朝塞昆德斯的小布包点了点头，声音里渗出了贪婪："把脚趾骨给我。"

他说我们是很棒的猎狗呢！猎狗们彼此吹嘘着，他说我们很棒，他就是这么说的！

你们的确优秀，嘘……我竭力在它们的吠叫声中听塞昆德斯他们的对话。

塞昆德斯望着管家。“不。”他平静地说，尽管有把剑抵在他的喉咙上。

猎狗的叫声减弱了。我们很棒，他这么说来着，你们听到了吗？你们听到了吗？

“这孩子有一袋东西。”猎人望着我怀里的包袱，喊道，“走开，猎狗！走开！”他抽了抽鞭子。

不要这么凶巴巴的，鞭子人，猎狗们吼道，我们讨厌那根鞭子！

“给我拿来。”管家命令道。

“不！”我哆嗦着叫道。

不！不！猎狗们吠叫起来，那孩子吓坏了！

猎人向我走来。“你听到他说的话了。”

我把包袱抓得更紧了，他们不能带走圣彼得！

猎狗在原地快速打着转，吠叫个不停。不，不！那孩子不喜欢你！

“你这个小……”猎人伸手来抓我，他抓住了我那件漂亮的蓝色束腰外衣……

捕猎！猎狗吼叫着扑向了猎人。

猎人猛地往后一缩。

我的束腰外衣被扯破了。虽然它的布料很结实，但已经很旧了，而且猎人抓得很紧……

束腰外衣从我肩上滑落。

永远不要暴露你自己！彼得鲁斯神父是这么吩咐我的，但现在我完全暴露了。

恐惧和羞愧交织在一起，我跪倒在地。“对不起，神父，”我低声说，圣彼得的包袱紧紧地贴在我胸前，“我很抱歉。”

我缩成一团，低着头，夜晚的风刺痛了我的驼背。

四周一片死寂……在寂静中，突然响起了啪的一声，是猎人丢下了鞭子。“不！”他尖叫着咚咚跑开，消失在了夜色中。

我又怕又冷，浑身发抖。猎狗，你们能听到我吗？发生了什么？

猎狗在混乱中跳来跳去。你把鞭子人吓跑了，它们惊讶地说。

我不是故意的！这种沉寂让我不安极了。我转向塞昆德斯，对他说：“我很抱歉，老爷，我暴露了我自己……”

塞昆德斯睁大眼睛盯着我。

剑客的手臂垂了下去，他张口结舌，看着我身后的墙，咽了口唾沫，低声说：“天使。”

尖嘴猴腮的管家也瞪着我，他的眼睛一直盯着我的驼背，脸上闪耀着贪婪的光芒。他舔了舔嘴唇，拔出刀子，向我走了一步。

塞昆德斯从剑客身边走开，飞快地挥动手杖向他打去。咔嚓一声，木手杖敲击在剑客的头上，但他倒下去时仍目不转睛地盯着我。

管家手里拿着刀，转身面对塞昆德斯。“这东西是我的！”

“不要伤害我的主人！”我叫道。不要伤害他！

不要伤害他！猎狗重复着我的话。它们跳了起来，狗总是喜欢行动的，它们一齐向管家扑去。别伤害他的主人！最大的猎狗咬了管家一口。

管家的刀掉在了地上。“这些动物被诅咒了！”

捕猎！猎狗龇牙狂吠，它们围着管家咆哮着。

管家转身就跑，猎狗紧追不舍，汪汪叫着捕猎，捕猎！捕猎，杀呀！

马蹄声砰砰地响起来，管家骑着马疾驰而去，猎狗们狂吠着追赶他。

月光照亮了教堂，我被扯掉的外衣掉在地板上，我那穿着紧身裤的细麻秆一样的腿也露在了外面。

我吞了吞口水。

塞昆德斯盯着我，剑客一动不动地躺在他的脚下。

“主人……”

“别跟我说话！”他伸出他的手杖，“把包袱系在上面，快点儿！”

我照做了，除了服从，我不知道还能做什么。我用颤抖的手指把包袱绑在他的手杖的一端，当我打绳结时，塞昆德斯发出不耐烦的嘶嘶声。

我终于绑好了包袱，他抓起手杖，朝门口走去。

“我马上就来，老爷。”我急忙去拿我的外衣——那件漂亮的蓝色束腰外衣，现在它已经被撕破了。

“你不要跟来了！”他恶狠狠地瞪着我和我身后的墙，扭头跨出门口，月光把他照得轮廓分明。他走了，带着圣彼得的包袱一起消失了。

“老爷！”我跌跌绊绊地走过那个已失去知觉的剑客，看了看四周……

东面那堵墙在我们来的时候一直处在阴影中……这会儿月亮照亮了墙上每一寸地方。

那面墙遭受了人为的破坏和时间的考验，但祭坛上方的一部分壁画保留了下来。画中有一个人物，留着卷发，长着一双大眼睛，他的双肩之间有一块隆起，事实上，是两块隆起，比我背上的隆起要大得多。

那不是驼背。

是翅膀。

画已经褪色了，但毫无疑问，画中的人是个天使。

·欺骗、灾难和废墟·

第 三 部 分

17 策划千年的图谋

“不！”我的尖叫声在教堂里回荡。我挣扎着去找被扯破的束腰外衣，它好歹能遮住我的一部分身体。我需要圣彼得的包袱！我需要它来保护我，直到我到达圣彼得的坟墓……

我的主人一看见我就跑掉了，他一看到我的驼背就跑掉了。

猎人尖叫着跑开了，剑客倒在地上，尖嘴猴腮的管家说我是个“东西”。这东西是我的，他刚才舔着嘴唇这么说来着。

我脑海中浮现出一个画面：圣物贩子的天使羽毛。那只是一根鹅毛，上面撒了一层镀金粉，但想必那根鹅毛被拔出来的时候，鹅流了血。

我抓着束腰外衣的衣襟，冲出教堂。我的靴子陷入牛粪中拔不出来，但我没有在意。

“老爷！”我跑啊跑啊，裸露的脚趾踩在地面上。

这东西是我的，管家凶狠地说，月光在他的刀刃上闪烁……

现在我终于明白为什么我永远不能暴露自己了。如果人们看到我的驼背，我就会像鹅一样送掉性命。我会被切成一千块，被拿去在世界上每个教堂的台阶上出售，因为某个贪婪的傻瓜以为我的驼背能让我变成天使。

我绝望地四处张望，寻找着塞昆德斯，同时也回头确定是否有人来追我。太阳升上了地平线。太阳，不要照耀我，我祈祷着，不要让任何人看见我的驼背。我的驼背……不，不，不！

一只狐狸叫道：当心，有人来了。

是塞昆德斯。他把手杖扛在肩上，迈着和以前一样快的步子。

“塞昆德斯。”我叫道。我总算松了一口气！

“走开！”他怒视着我，从我身边走过。

我猛地转身，但我身后除了黎明一无所有。

塞昆德斯换了另一只手抓着手杖，还吹了吹手指。手杖一定很烫，毕竟手杖的一端绑着圣物。“走开！”他又迈开了步子。

我跟了上去，不知道自己还能做什么。我非常害怕尖嘴猴腮的管家，非常害怕别人叫我天使或东西。塞昆德斯虽然大发雷霆，但他似乎没有兴趣把我切成碎片。而且，他要去罗马，我也必须去那里，我必须成为一个正常的男孩。除了这些，什么都不重要。

我们默默地走了一段路，太阳冉冉升起。他没有停下来，我也没有。啊，我尽量不去想我的驼背，也不去想教堂墙上画的天使。剑客是那么震惊，低声说了句“天使”，就倒在了地上。管家凶狠地说“这东西是我的”，就像守财奴在数硬币……

一阵刺耳的笑声响起，是塞昆德斯在笑。“一个天使，我还真是走运。”

“我不是天使！”我喊道，“我是布瓦……”

他转向我。“真的吗？告诉我，布瓦，你吃东西吗？”

这个问题就像一记耳光，它的来势是那么猛烈，我不禁向后退了几步。“不。”我低声说。这的确是事实，我从来不吃东西，但我一直不愿意去细究这件事。

“你还是接受了我的食物，你拿了蜂蜜。”

我的脸颊变得滚烫。“彼得鲁斯神父说过，别人给你食物，你就要接受。狗很喜欢吃，所以我就……”每个人都不一样，彼得鲁斯神父这么说过，有一天你会明白。

“你小便吗？”

我不懂这个词是什么意思。

“你尿尿吗？”

我低下头，我从不尿尿，我只是假装尿尿，这也是彼得鲁斯神父教我这么做的。

“你两腿中间有东西吗？”

任何时候都要告诉别人你是个男孩……“什么也没有，老爷。”我低声说。我真是太糟糕了。

“什么？我听不见。”

“什么也没有。”那是我的秘密……我最可怕的秘密。我是一个怪物，没有男孩该有的部位。因此，我必须去圣彼得的坟墓。

“啊，”塞昆德斯咬着牙，“天使就是不吃、不喝，也不撒尿。天使没有……他们两腿间也是什么都没有。”他瞪着我，“你是个天使，你这个傻瓜。”他大步向前走，边走边朝手上吹着气。

我急忙跟在他后面。我不是天使，我想大声这么说，我只是一个想成为正常男孩的怪物。

“走开！”他厉声说，“如果人们发现了你的真实身份，他们也会杀了我的。”

“他们不会的……”但是，管家的事浮上我的心头……为了得到“东西”，他会杀了塞昆德斯的。他为了金子，甚至能弄断自己的手指……

“我不能死！我暂时还不能死。”塞昆德斯掏出那把又黑又臭的钥匙。“你以为我是怎么得到这个的？你以为我怎么能肯定地知道我的妻子……”他屏住了呼吸，“和孩子在天堂？我怎么知道？”

我不知道，也不想知道。

“因为我来自地狱！”

我向后跳开。“你是个恶魔！我早就这么以为来着……”

他狂笑一声。“别傻了，你这个笨蛋。我是一个罪人。我是人，应该说，我以前是人，一个一千年前犯了罪已经死去的人，一个一千年前就被打入地狱的人。”他把指关节压在嘴唇上低声念叨着“弗莱维娅，卢修斯”，但很快他就咳嗽得上气不接下气，只好靠在手杖上说：“没人能毫发无损地逃离地狱。”

我们身后传来声音，是狗叫声。猎狗正在靠近，它们的速度很快。

我立刻跑了起来。我别无选择，只能像猎物一样奔跑。

塞昆德斯也跑了起来，他跑得比我还快。

猎狗向我们扑来，疯狂地吠叫着，是教堂里的那些猎狗。

塞昆德斯转过身，他手杖上的圣彼得包袱摇摇晃晃的。

他蹲了下来……

我也蹲了下来……

猎狗在彼此身上打滚儿。捕猎，捕猎！它们叫道，我们找到你了！

塞昆德斯朝它们抡起拳头。“走开！”

是那孩子！猎狗们笑着在我周围跳来跳去，捕猎，捕猎，你在这里啊！

塞昆德斯瞪着小路。“那几个人呢？”

你的主人在哪里？我问道，猎狗们扭动着，舔着我的手。

鞭子人不会追踪气味！它们得意地笑道，另一个人的爪子疼。

听了它们的话，我有些糊涂。“我想应该是猎人迷路了，管家受伤了。”

“什么？你是怎么知道的？”

“它们……”永远不要暴露你自己，“它们……告诉我的，猎狗告诉我的。”

“它们告诉你的？”塞昆德斯露出一副怀疑的样子，“它们的叫声吗？”

“不是，我能理解它们，它们也能理解我。”难道不是每个人都能和动物说话吗？我以前这么问过彼得鲁斯神父，他笑着拍了拍我的卷发。

塞昆德斯眯起眼睛。“啊，因为你是天使。”

“我不是天使！我就是能理解！”

塞昆德斯打量着我和我脚边的六只猎狗，这些嗜血的猎狗现在像鸽子一样温顺，当我抓它们的耳朵时，它们还咧嘴笑……“你能和所有狗说话吗？”

我耸了耸肩。“狗喜欢我。”我给猎狗挠痒痒，它们懒洋洋地趴在那里，看起来喜滋滋的。

他拍了拍下巴。“你想去罗马，是吗？”

“是的，老爷！”我必须变成一个正常的男孩。

我们找到他了，我们找到他了，猎狗在互相吹嘘着。

“有一个人，我必须和他谈判。这样才能得到胫骨。”

啊，对了。肋骨、牙齿、拇指、胫骨……

“他有一只狗。”塞昆德斯等待着。

“你……你是要我和那只狗说话吗？”

“你能做到吗？”

“我不知道，我从来没有见过那只狗。”

塞昆德斯的眼神变得冷酷起来。

“但我可以试试。”

他盯着我看了看，又盯着猎狗看了看……然后拄着手杖大步走开。“拿好圣物，”他指着掉在地上的包袱命令道，

“快点儿，布瓦。”

“是的，老爷。”即使他冷冷地叫我的名字，我也不在乎。只要他带我去罗马，我就可以忍受。我麻利地拿起了圣彼得的包袱，能再次抱着包袱，真是太好了。

猎狗嗅了嗅，你拿的是什么？

好东西，但不能吃。

“我叫你快点儿。”

我利落地把包袱系好。它掩盖住了我的驼背，我用绳子绑住扯破的外衣。

猎狗跟在我们后面，高兴地叫着。我必须追随塞昆德斯，他是我成为一个正常男孩的唯一希望，即使他是个小偷，即使……

那个人身上有一股屁味，一只猎狗说。

他闻起来像臭鸡蛋，另一只道。

不，不对，第三只喊道，明明是烂萝卜的臭味。

我一路小跑着。你们都错了，我告诉它们，你们闻到的是硫黄的气味。

硫黄？一只棕色的大猎狗用鼻子顶着我的手，那是什么？

我抓了抓它的耳朵。硫黄是地狱的气味，我主人身上散发的是地狱的气味。

18

下　游

摇晃这个词可以用来描述船，但这并不准确，船摇晃起来，可不是摇篮的摇晃程度，而是跟巫婆用力晃动婴儿差不多。在我的屁股下面和无底深渊之间，只隔着跟一片木头差不多的破船。我可不愿意上这样的船，可是，水流那么湍急，我们压根儿就走不过去，坐船是唯一的解决办法。

整个早晨，我们都在长途跋涉，远离那座破败的教堂，远离教堂里那个可怕的黑夜。猎狗围着我的腿跳来跳去，它们为能出来冒险高兴不已。它们不停地叫着，兔子！捕猎！我也去！我听着它们说话，不去想别的事情。

中午，我们来到了一条河边，这条河足有一半天空那么宽，猎狗们闻到一堆树枝下面有一条小船。捕猎，捕猎！它们吹嘘着，是人把这艘船藏起来的！

“老爷，你在干什么？”

塞昆德斯把树枝拨到一边。“我要把我们送到该去的地方，布瓦。”他把船推到水里，“上去。”

猎狗们跳来跳去。捕猎！是我们发现的！现在该做什么？

河对岸有许多建筑物，有群人朝我们大喊大叫。

“让那些猎狗安静下来，”塞昆德斯命令道，“不然我可要动手了。”他坐到这条只有酒桶大小的小船上，浪头拍打着船体，像是有只利爪要把我们拖入死亡。

真有意思！猎狗吠叫道，我们会游泳！它们跳进了河里。

“我叫你上来，”塞昆德斯厉声道，“不然可别怪我把你丢下。”

这东西是我的，管家这么说……我颤抖着走上船。船剧烈地晃动着，我用双手紧紧抓住船舷，尽量不去看河水。

塞昆德斯把船推离岸边，猎狗在周围游着，吠叫着。“你要带它们一起吗？”他怀疑地问道。

“我没有……这也由不得我啊，是它们自己想来。”

“如果它们跟着我们，就会淹死。”他开始划桨。

啊，我可不希望它们淹死。我也不想失去它们，不然，就只会剩下我孤零零一个人，被一大堆乱七八糟的想法折磨。猎狗，我伤心地叫道，你们不能跟着我们了。

什么？它们问道，不去捕猎了？但是我们很棒！你是这么说的！

是的，是我说的，你们的确很棒。但现在不安全。说着这些话，我的心沉了下去，你们应该去找你们的狗窝，找养你们的人和你们的小狗崽。

啊……我们的狗窝，我们的狗崽。它们一个接一个地转身上岸，有几条猎狗沿河岸追着我们跑了一会儿，后来也循着来路回家了。

再见，我喊道，再见，朋友们。就这样，我现在没什么可想的，只能琢磨自己是多么不幸和这艘小船是多么不结实。

那天剩下的时间，我们一直在水面上漂浮。我们经过了悬崖和村庄，遇到了载着木桶和绵羊的竹筏。我们还看到了一些渡船，马被绑在船后，在水里游着。小船摇摇晃晃，我感觉自己要被淹死了，我想吐……不过我没有东西可吐，因为我的胃里没有食物。天使有胃吗？

你不是天使，我责备自己，哪怕你不用吃东西，是个驼子，有和动物说话的天赋……你也不是天使。

不管我是谁，我都必须去罗马的圣彼得坟墓，我必须成为一个正常的男孩。

塞昆德斯搓着手掌上的伤疤，那是圣彼得的肋骨烫出来的。他发现我在看他。“一千年就是这样啊。”他冷冷地说。

“什么？”我不明白他的意思。

“圣物，真正的圣物，会让恶魔无法靠近。我在地狱里待的时间看来是很长了，圣物连我也会驱赶。”他皱起眉头看着伤疤。

“圣物会灼伤别人吗？”我想到这里，就问了出来，“还是会让他们感到很暖和？”

“什么？它们会温暖你？”

我急忙摇了摇头，弄得船也摇晃起来。你太坏了！我责备自己，说谎是不道德的，圣物并不会让人感觉温暖，它们只会温暖……

我不是天使，停止说话，脑袋，我不会再听了。

太阳落向西边的地平线。

“看哪。”塞昆德斯扬了扬下巴。

我鼓起勇气，顺着他的目光看了过去。下游有一座我见过的最长的桥，它的跨度有箭的射程那么长，横跨河流的石拱就像布上的针脚。桥边矗立着一个有几十座塔尖的城市，河岸上停满了船，船桅像一片笔直的黑森林，喊叫声像烟雾一样从水面上飘过。

“罗马，”我喘着粗气，“现在我可以成为一个……”

塞昆德斯哼了一声。“你以为这里是罗马吗？这儿是悲惨的阿维尼翁城，教皇现在就躲在这里。他逃离了罗马……你不知道吗？现在的罗马人就是一群凶残的乌合之众。我们必须在这里拿到胫骨，这是第四件圣物……”他的脸色沉了下来，“我以为胫骨是第四件圣物，看来我知道的比我想象的要少。”

拿到？我不喜欢那个词。“老爷，我不想偷东西。”

“圣彼得的胫骨属于他在罗马的坟墓，我们必须将它物归原处。”

这样就听起来好多了，物归原处指的是找回丢失的东西。

我们的船漂向桅杆森林，塞昆德斯用桨控制着方向。“到我身边来，”他警告我，“不要被人……发现。”

不要被人发现……我不禁哆嗦了一下。

我们的船撞上了码头。“我在这里遇到过的人多得数不清。”塞昆德斯说着跳上了岸。

我跟着他走进阿维尼翁城，去找回圣彼得的胫骨，将它物归原处。

这个城市太糟了，就像一个粪坑。高大的建筑使狭窄的街道显得更加狭窄，砰砰的敲击声飘向天空，宫殿从房屋的废墟中拔地而起。街上到处都是乞丐、衣着华丽的妇女和穿着主人花钱做的衣裳的仆人。男人们戴的帽子和头盔都怪怪的，充满异域风情。空气中弥漫着香气，却也臭气熏天，因为有人直接从窗户倾倒尿壶，蜡烛匠正在熬制的动物油脂和猪在吃的来自酒厂的麦糟都很臭，所以本就难闻的气味就更加恶心了。

“快点儿，布瓦，我还要去贿赂一些人呢。我们一时半会儿是找不到那个养狗人的。”

一个穿红衣服的富人大步向我们走来，有卫兵为他开路……

这个男子的脖子上挂着一块坠饰，那是一块碎骨。

我弓着背，吓得发抖。如果那个男人认为我是天使呢？我会被剁成一千块的！他们会拔下我的牙齿，砍掉我的手指……

“快走吧！”塞昆德斯顺着我的目光望去，“喂。”

穿红衣服的人走近了，他的卫兵差点儿撞在我们身上。

塞昆德斯发出嘶的一声，拖着我进了一家旅店。“给他一个房间。”他对正在擦洗灶台的老板娘说。

老板娘哼了一声，说：“你在这个镇上连一张铺位都找不到的，全世界的人都来拜见教皇了。”

塞昆德斯拿出一把硬币，毫无疑问，那些硬币都是他偷来的，但我没有反对。“我说我想要一个房间。”

“没问题，”老板娘擦了擦手，“阁楼还空着……不过我得提醒你，阁楼很小。”

“他的个子也不大，”塞昆德斯把硬币弄得叮当作响，“只要他能安全待着就行了。”

老板娘看了一眼硬币，就领着我们上了散发着洋葱气味的楼梯，接着又上了散发着猫的气味的楼梯。她在一扇粗糙的门前停了下来，门上的挂锁都生锈了，她打开门，里面是昏暗的阁楼，凌乱地堆着破板凳和一个箱子。

“里面有被褥，”她朝箱子点了点头，“还有一个尿壶。我去拿晚饭来……”

“不必了。”塞昆德斯摸了摸生锈的挂锁。

“恐怕钥匙已经丢了……”

“那正好。进去吧，布瓦。”他把硬币扔进老板娘的手里。

她盯着我，看着我的卷发、包袱和扯坏的束腰外衣，我迅速躲开她的窥视。

门在我身后关上了。“我需要你的时候，就会回来找你了。”塞昆德斯喊道，同时挂锁被锁上了。

“怎么回事？”老板娘高声问，“你怎么有这把锁的钥匙？”

脚步声响起，塞昆德斯走了。

“我说，你怎么会有钥匙？回答我！回答我，朝圣者！”

我深吸了一口气。“我在这里很安全，”我对着黑暗低语，“我一定不会有事的。”

在这里，我可以躲开那些想要圣物的人……但我能躲开我内心的想法吗？

19

刚孵出来的小鸟

阁楼里并没有黑得伸手不见五指，光线从门下一条很大的缝隙照进来。我从破板凳堆里找出一个相对较好的，站在上面打开百叶窗，却看到窗外只有一堵墙。不过，即使在黄昏时分，开着窗也总比关着好，这样阁楼还能通通风。箱子里放着很旧的被褥，我把它们铺在地上，把长椅摞在一边，没有去管尿壶。我一直被撒尿和拉屎的事困扰着，*但这个谜题已经解决了，我脑袋里的声音这么说，除了天使，每个人都会尿尿。*

嘘！我责骂道，但现在没有时间多想了，因为有什么东西正从门下的缝隙里挤进来。

原来是一只猫，一只灰色和橙色相间的花斑猫。我抚摸着它，它喵喵叫着，蜷缩在被褥上。这个阁楼和羊棚很像，不过在这里，我盖的是毯子而不是稻草，和我聊天的是只猫，而不是山羊。

我和花斑猫谈到了老鼠，还说到打盹非常重要。等天黑到什么也看不见了，我就把百叶窗关上。我做了祷告，祈祷圣彼得保佑我不受伤害，奥克斯的石头不要砸到我，厨娘不会责骂我，那个说我是“东西”的尖嘴猴腮的管家不会伤害到我……我不禁哆嗦起来。

猫蹭了蹭我的胳膊。喵呜，来吧，我们休息吧。我在它毛茸茸的柔软身体旁边躺下，圣彼得的包袱温暖着我的背，猫的呼噜声哄我入睡。

管家站在我身旁，他的手指叮叮当当地交碰着，现在他的手指是刀做的了。“天使，”他凶恶地说，金色的眼睛闪闪发光，“怪物，东西……”

我猛地醒过来。“不！”我喊道，“我不是那样的……”

猫蜷伏在我身边。喵呜，它说，继续睡吧……

第二天早上，猫的呼噜声吵醒了我，外面还有种奇怪的哗哗声。

我小心地打开百叶窗，雨水从一个雕刻成怪物形状的檐槽倾泻而下。

“我不是怪物。”我低声说，想起了我的梦，但是檐槽的怪物不在乎，猫也不在乎，管家在很远的地方，我不必害怕他的尖刀手指。

我看着雨水从檐槽飞溅而下，除此之外，我无事可做。

猫，你醒了吗？我问它，它弹了弹耳朵。我抚摸它，它转过身去。和我玩会儿吧，我恳求道，但它喵喵叫了几声，就继续睡觉了。

我戳了戳那些已经坏得无法修理的板凳，即使我善于修理，又有工具，也无能为力。

阿维尼翁一点儿也不好玩。

我的驼背开始发痒。

我的背以前痒过吗？我不记得了，不过我从来没想过自己能有这么闲的时候。身边没有狗，没有山羊，没有彼得鲁斯神父，也没有塞昆德斯，甚至没有奥克斯辱骂我，朝我扔石头。我想念厨娘！她至少会给我找点儿事做。

上午时间过半，第三次祈祷的钟声响起，这是我听过的最美好的钟声。

现在我必须等待教堂中午的钟声。

嘈杂的声音从街上飘了过来，有笑声，还有叫卖声，我听不太清楚。

我的背瘙痒难耐。

“别痒了，”我抱怨道，“你以前从来没有痒过，我又不能抓痒。”

为什么不能？

因为永远不要暴露你自己。

但我已经暴露了自己，在那可怕的一刻，猎人让我的身体暴露在外，别想这个，布瓦。我必须把自己紧紧包裹住，不然我会被切成碎片，也不要想这个。

我的背太痒了。啊！

你的驼背到底是什么？我的心问我，它很好奇。

不能碰它，我回答。可是，我痒得受不了，现在我的心也痒痒的，充满了好奇！这个阁楼很安全，只有我一个人。没有人能从窗户看到我。而且接下来的一段时间，我也没事可做。

说来丢脸，我决心弄清楚我的驼背到底是怎么回事。

我内疚地解开了胸前的绳结，把包袱放在一边。

撕裂的束腰外衣从我身上掉了下去，我光着身子站着，只穿着紧身裤。

我深吸了一口气，伸手去摸我的驼背。我抓了抓，摸到了。

我的驼背很软，里面有小而柔软的骨头横竖交叉。纤羽覆盖着我的皮肤，就像刚孵出的小鸟的翅膀。

“我不是天使。”我低声说。但我又一次伸出手，又一次摸到了羽毛和骨头。有我从来不知道的肌肉在我的胸部移动着，还有肌肉在我的脊柱上移动着。

我鼓起极大的勇气抓住背上的隆起物，把它拉了起来。

从眼角的余光，我可以看到油腻而柔软的羽毛，每根羽毛都像我的手指一样短。

猫打了个哈欠，伸伸懒腰，趴了下来。我伸出手，它闻了闻，皱起了鼻子。

翅膀……我的意思是那东西……没有怪味吧？如果有人闻到，从而发现我的秘密了呢？

我必须清洗一下我的驼背！但怎么洗呢？一只没有喙的鸟怎么能清洁翅膀……驼背呢？我甚至没有水桶和碗……

那个尿壶！

我强忍着恶心，把破尿壶端到窗外。很快，我就接到了一壶清水。我从箱子里找到了一块破布，便忙活了起来。

清洗驼背可不容易，毕竟我的胳膊在前面，隆起物却在背上，而我的翅膀……不管它们是什么吧……根本用不上一点儿力。

也许天使们是互相刷洗的，就像猫照顾小猫一样……

我背对着猫，但它扭开了脑袋。这就是猫。

我把尿壶里的雨水倒出窗外，又接了很多次水，擦洗着我那从未有人碰过的驼背。很快，房间里就弥漫起湿漉家禽的臭味。

天使可真叫人讨厌。

我擦洗了好一会儿，累得直发抖，感觉自己就像刚从蛋里出来的小鸟。

一阵声音传到我的耳朵里，有人来了！“对不起，亲爱的孩子，”老板娘说，“我们太忙了，你一定饿了。”她把一碗炖菜从门下推了进来。

“谢谢你，你太好了。”

我把炖菜喂给花斑猫，它把尾巴绕到爪子上，舒舒服服地吃了起来。我瘫倒在被褥上，浑身酸痛，仿佛我刚刚一直在捆扎干草似的。我把圣彼得的温暖包袱贴在驼背上，驼背和包袱都是湿的，怎么才能弄干呢？鸟儿可以拍动翅膀把身体弄干，也许……

我的胸部和后背都在抽搐。

天使真没用，我心想，然后，我马上就告诉自己，我不是天使！

我不是天使。我一边处理长在肩上的东西，一边念叨着这句话。但每当我挪动它们，清洗它们，“翅膀”这两个字就离我越来越近，到了黄昏时分，我干脆直接说出了“翅膀”两个字。我长了翅膀。当晚祷的钟声响起时，我已经这么想了。我长了翅膀，我甚至可以扇动翅膀。我能做到，尽管每次移动翅膀，我的胸口都会发烫。疲惫让我难以忍受，相比之下，奥克斯的巴掌也不算什么了。我费了好大力气才关上百叶窗，倒在床褥上。

厨娘打开阁楼的门，怒气冲冲地大步走了进来。“瞧你弄得一团乱，”她厉声说，“看看你躺在那里的鬼样子。”她伸手来掀被子。

“不！”我喊起来，紧紧地拉着被子……

但她猛拉被褥。“你在藏什么，你这懒东西？”

“我什么也没藏。”我撒谎说……

“我什么也没……”我大喊着，然后猛地惊醒过来，厨娘在这里？

当然不是，那只是一个梦。

我蜷起身子，大口喘着气，想着如果厨娘看到我的翅膀，怎么办？

喵呜，花斑猫叫道，别动来动去了……

第二天早上，我醒过来，像个老年人一样浑身酸痛。我的翅膀……它们更大了，每根羽毛都更饱满了。每当我挪动翅膀，它们似乎就变大一些。现在我可以展开翅膀，却无法把它们收进去，暂时还不行。要是有人看见我怎么办？厨娘当然不会看到，她离得很远，管家也离得很远。但其他人有眼睛，比如老板娘……

于是我把用来擦洗的破布撕成条，咕哝着把翅膀绑了起来，感觉自己就像一只被捆起来的鸡。翅膀很痛，但我自己疼，总比被别人注意到要好，而且随着时间的推移，我就不会那么在意挤压和紧绷的感觉了。但愿如此吧。

然而，我的翅膀几乎承受不住，就像一个人蹲伏太久时腿会疼一样。

老板娘再次送来食物时，我向她要了针线，并尽我所能把撕裂的束腰外衣缝补好，把衣服套在我的翅膀上。然后，当我再也无法忍受的时候，再脱下束腰外衣，解开破布条。真是太舒服了！我的翅膀可以展开到我的手肘部了，伸展翅膀的感觉真好。

喵呜，猫说，你在拍动翅膀，太吵了，但你太大了，我可吃不下去。它又睡着了。

黄昏时，我拉上百叶窗，绑好翅膀。不管它们多么喜欢自由，我都不敢冒暴露自己的风险。如果有人在我睡觉的时候进来怎么办？我疼得哭了起来，但我还是穿上了束腰外衣，系上了圣彼得的包袱。至少，圣彼得的温暖有助于缓解疼痛。

我依偎在花斑猫的旁边，它伸了个懒腰，腾出地方来。喵呜，你看起来傻呆呆的。

我希望我没有，我希望我看起来像个正常的男孩。我抚摸着猫，它发出呼噜声。但我不是一个正常的男孩，除非我能到罗马。我必须把翅膀藏起来，否则我就没命了。

我叹了口气。

喵呜，猫把尾巴覆盖在鼻子上，怎么了？

猫啊！我吞了吞口水。我必须承认：我觉得自己是天使。

20 胫骨是假的!

一阵冷风吹过……厨娘拽开了我的被褥……

“醒醒!”一道光照得我什么也看不见……

塞昆德斯站在我身边。“你这个蠢货，你干了什么呀?你的驼背变大了!”

“对不起，老爷!”我羞得几乎哭了起来，使劲拽着我的紧身裤、外衣和包袱。

“走吧，快点儿。”他大步走出阁楼，我赶紧跟了上去。

那只猫蜷缩在我离开的地方。谁来给我暖床呢，喵呜?它问。

你会没事的，猫。我肯定它会没事的。至少它不必踮着脚尖穿过旅店，当塞昆德斯打开前门时，它不必畏缩。咳嗽折磨着塞昆德斯的身体，在灯笼的光下，我可以看到他的脸颊泛着潮红。才过了三天，他已经成了这副病恹恹的样子。

他朝我一扬头，让我快点儿。

这时已是深夜，阿维尼翁城的街道像坟墓一样安静和黑暗。塞昆德斯遮着灯笼的光。“我们去见那个养狗的人，你能控制住那只狗，对吧？”

控制？我只能和狗说话。有时我提出要求，它们会同意，但这并不是控制。

我都没法唤醒那只猫。“我试试看吧。”

“你会成功的，你可能得爬进一个坑里……不要哆嗦。”

但我控制不住自己。

我们走在鹅卵石街道上，在我们面前矗立着一座山那么大的宫殿，大门有一棵树那么高，厨娘看了肯定会惊讶得合不拢嘴的！一辆四匹马拉的马车穿过大门，马车前后都有守卫，一个信使在后面跑着。

塞昆德斯领着我穿过大门，来到一个我所见过的最大的院子里。他溜进一扇影影绰绰的门，来到一条走廊，把灯笼递给了我。他紧紧攥着手杖。“啊。他来了，还带着他的地狱恶犬。”

有个人走了过来，他长得很像秃鹫，衣服一半是黑的，另一半是红的，脚上穿的鞋比他的脚大一倍。那人身后跟着一条马驹大小的狗，它那粉红色的眼睛低垂着，巨大的下巴耷拉着。

这只狗不是从地狱来的，我安慰自己，它身上没有硫黄味。但是，这狗真可怕。你好，我试着打招呼，灯笼在我手中颤抖。

狗卷起嘴唇，露出长长的牙齿。

“朝圣者。”秃鹫勋爵招呼道，我就这么称呼他好了。邪恶像一股很难闻的气味般从他身上散发出来，他嘲笑了我包袱下面的驼背。“过来。”

我们走了过去，那只狗鬼鬼祟祟地跟在我们后面。

你好，狗，我家里也有像你这样的朋友。

狗嗅了嗅圣彼得的包袱，它的呼吸使我脖子发冷。

灯笼把可怕的跃动的影子投射在墙上。你好，狗……

它没有回答。

笑声向我们飘来。“阁下，你错过了一场盛大的宴会。”塞昆德斯说。

“他们喝醉了，注意不到的。”秃鹫勋爵穿着那样一双长鞋，似乎是在飘动。狗的指甲划在石地上，咔嗒作响。

我们走到一扇门前。

秃鹫勋爵看了看塞昆德斯，又看了看门锁。“你有钥匙？”

塞昆德斯点点头，但没有动。

秃鹫勋爵厌恶地叹了口气，转过身去。

塞昆德斯打开了门。他的动作太快了，我几乎没有闻到硫黄的味道，不过那只狗咆哮起来。他后退了一步，让秃鹫勋爵带路。

里面的房间……并不可怕。墙上挂着挂毯，三支燃着的蜡烛（一个空房间里竟然点了三支蜡烛！）让蓝色天花板上画着的星星变得闪闪发光。

“把他看好了。”秃鹫勋爵朝我点点头，命令他的狗。

那条大狗一边嗅着我，一边围着我转。

你好，狗，我又试了一次，你为什么不和我说话？

秃鹫勋爵指着床说：“在那下面。”然后他又说：“你用力推。”要挪动那张沉重的橡木床，他和塞昆德斯都得使出浑身的力气。

狗一直在嗅我，它的下巴拂过我裸露的脚趾，留下一串冰冷的唾液。我尽量不发抖。

床终于动了。

塞昆德斯数了数地板上的石头，把他的手杖插进了一个裂缝。他撬起一块长石头，秃鹫勋爵用剑把石头支撑起来。

狗闻了闻我的手。

那是猫的气味，我解释道。但我担心狗会闻到天使的气味。

塞昆德斯朝地板上的一个坑点点头，那个坑的深度看着差不多有我一半高，里面放着一些鼓鼓囊囊的小口袋和一个小小的包金宝匣。“进去吧，布瓦，把胫骨拿出来。”

秃鹫勋爵搓了搓手。

我慢慢地进去，那个坑真像个坟墓。狗流着口水看着，秃鹫勋爵看起来也像是要流口水了。

“快点儿。”塞昆德斯催促道。

我伸手去拿宝匣，那个小盒子摸着很冰凉。冰凉……我瞥了塞昆德斯一眼。只是一眼，但那眼神已经足够了。

“给我，”塞昆德斯毫不畏缩地接过宝匣。“出来。”他命令道。

我如释重负地照做了。

“回去！”秃鹫勋爵尖叫道，“把那些小口袋拿出来！”狗也咆哮起来。

“这是假的！”塞昆德斯叫道，把小盒子扔到一边。他一脚把剑踢开，石头轰隆一声掉了下去。

秃鹫勋爵往后跳开，但狗在他身后，他没跳出去多远，沉重的石头就落了下来，正好砸在……他那过长的鞋尖上。

“杀了他们，”秃鹫勋爵尖叫道，“杀了他们两个。”

塞昆德斯抓起剑。“圣物是假的，你这下流胚！”

狗咆哮着，向空中猛咬。

“进攻。”秃鹫勋爵叫道，挣扎着要把脚拉出来。但他的鞋被石头压得死死的，就是因为他的虚荣心，所以他现在动弹不得。“你这个愚蠢的畜生，去咬烂他们的喉咙！”

那只狗边叫边咬，但它只是对着空气猛咬，既没有咬塞昆德斯，也没有咬我。狗转向我，只说了一个字……一个字……而且只说了一次：跑。

“老爷，”我喊道，“我们必须快跑！”

“攻击！”秃鹫勋爵要求道。他开始抽打狗，狗叫得更凶了。

“灯笼，布瓦！”塞昆德斯从秃鹫勋爵身边跳过去，跑进了大厅，我跟在后面。他飞速关上门，大声喊道：“你是个骗子。”

有说话声传来……一声模糊的叫喊声响起……

他踢了踢门。“我需要那块骨头！”

“老爷，我们得走了。”喊叫声越来越近了，火把的亮光也越来越近了。

“那是第四件圣物！我的圣物！”

“他们就快到了，如果他们发现我们……”我倒吸了一口气。

“几十年了，我一直在筹谋这件事！”他又踢了一下门，然后跺着脚走开了，“走吧，布瓦，我们走这条路，左转，然后右转。”

这些指示至少不是谎言……不像秃鹫勋爵说的那些话。我们来到了一个堆满了布匹的储藏室，布匹后面有一扇门，塞昆德斯当然可以打开这扇门。门后的隧道散发着污水和腐烂物的恶臭，看上去比黑夜还要黑暗。但我还是跟着他，尽管我已经吓得浑身发抖。当他停下来看书时，我差点儿就尖叫出声。

“胫骨，”他喃喃地说。“肋骨、牙齿、拇指、胫骨……胫骨！现在怎么办呢？”

谁在乎呢？我心想，除了逃出这条隧道，什么也不重要。我们手里的圣物够多的了……“老爷！”我的声音在隧道里回荡着，“脚趾！”

“什么？”他厉声说，“把灯拿近些。”

“脚趾就是圣物。肋骨、牙齿、拇指、脚趾，这不是也可以吗？胫骨可能是假的，但脚趾骨是真的。”

塞昆德斯放下书。“你说的有道理。”

我尽力保持镇静。“我们有四件圣物了，圣彼得肯定觉得应该帮助我们。”

“肋骨、牙齿、拇指、脚趾……我得好好想一想。”

我们拖着沉重的步伐往前走。我尽量不去想我裸露的脚趾究竟踩到了什么，才会发出那种咯吱咯吱的声音。

污水的恶臭消失了，我们闻到了鱼腥味，空气终于变得清新起来。一道格栅出现在我们面前。伴随着一股硫黄味，塞昆德斯打开了格栅，我们来到了河岸上。东方的天空呈现出粉红色，水手们叫喊着，水花拍打着岸边，钟声响起，昭告着早晨的到来。

“快点儿。”塞昆德斯沿着河岸快步走着，端详着每一艘船和每一个水手。

我们身后传来喊叫声。“拦住他们！”我听到有人这么喊……或者说，是我觉得自己听到了。

一艘船正在驶离岸边。“我们要搭船！”塞昆德斯叫道。

“不行，”船长回答，“人满了，伙计。”

又一声叫喊传来，这次更近了……

“五个弗洛林。”塞昆德斯大声说。

船长顿了顿。“十个。”

塞昆德斯跳上船。“过来，布瓦，”船此时离码头有三英尺①远。“跳过来！”

我身后响起了喇叭声。“拦住他们！”一个男人叫道。我认得那声音！

我扔下灯笼，纵身一跃，向船上跳去……

塞昆德斯用他那被圣物弄得伤痕累累的手抓住了我。他咕哝一声，把我拖上了船。

“老爷！”我太害怕了，以至于差点儿就动手摇晃他的身体了，“管家追来了！”

---

① 三英尺约等于 91 厘米。——编者注

21 海上逃亡

我永远都不会忘记那次可怕的航行。我这辈子害怕许多事情：强盗，狼，厨娘，夜晚，追赶我们的尖嘴猴腮的管家……但现在我害怕的是水手。

他们可真迷信。在他们看来，女人、鸟儿、怪声都是不祥的，他们尤其认为我是个祸害。他们当着我的面就做出请上帝保佑的手势，还低声说我是怪物。我从未感到如此孤独，我宁愿忍受奥克斯，至少在陆地上我还可以逃跑。

至于塞昆德斯，他不相信我听到的是管家的声音。“那个恶棍已经跑到法国的另一边去了！”

于是我没有再说什么，不过我一直在想着管家喊的话“拦住他们”，以及在我的梦中他折断了金手指，还把尖刀手指咔嗒咔嗒地碰撞在一起……

塞昆德斯一直说他的运气坏透了，因为他非常讨厌航海。他一边喝着船上廉价的葡萄酒，一边喃喃抱怨。

这艘船要把羊毛运送到佛罗伦萨的布商那里，成捆的羊毛里爬满了老鼠。老鼠们也非常粗鲁，几乎和水手们一样粗鲁。就连海鸥也不高兴，它们一会儿抱怨船离陆地太近，一会儿又抱怨船离陆地太远，还责备我没有喂它们。我只好解释说我不吃东西，它们听了就惊恐地飞开了，再也没有搭理我，可它们在船的上方飞来飞去，议论我，嘲笑我。

船随着海浪摇晃着前行，水手们说天气很好，还说风是我造成的。“驼子就是晦气，我们以后要倒大霉的。”他们抱怨道。每次我因为船的颠簸而作呕，他们总会大笑一番。

每一天，每一分钟，都是那么漫长。有一次，塞昆德斯大声喊我的名字，我从羊毛堆上爬到他和厨子掷骰子的地方。“拿着这个。”他命令道，把墨水瓶递给我，然后翻开书来看。“肋骨、牙齿、拇指、胫骨、遗骨、头骨、坟墓，”他大声读着，“胫骨。”他重复了一遍这个词，用墨水画了一条粗线，将它划掉。在它旁边，他写了另外两个字：脚趾。然后他咕哝着，又把这两个字划掉了。

“祝贺你，老爷。”上船以来，我第一次笑了出来。

他翻着书页，脸色变暗了。“现在算是进入僵局了，”他自言自语道，“我还有什么遗漏的？”他把杯里的酒一饮而尽，开始掷骰子。我悄悄溜走了，我刚才感到的快乐消失了。

那天晚上，我为他倒酒，他坐在水手们旁边，吃着死了很久的鱼。水手们讲起了故事，比如嗜血的海盗、把人拖下地狱的美人鱼什么的。

塞昆德斯笑得直咳嗽。“那又怎么样？你只要从地狱里逃出来就行了。”

逃离地狱？水手们嘲笑他，因为那是不可能的。

“完全有可能，”塞昆德斯含糊地说，“只是非常困难。我来给你们讲讲吧，首先你得下地狱，我敢打赌，你们每个人都会下地狱的。然后，你要与下地狱的人做朋友，甚至要与撒旦为友，因为撒旦需要善意的忠告。你们在听吗？”

“当然，”一个水手哈哈大笑，“如果我要下地狱的话，我当然需要听了。”

“那样一来……你就把能学的都学会了。你等待着，等上几个世纪，等着瘟疫袭击这个世界，成千上万的灵魂涌入地狱，太多了，数都数不清。然后你站在……你们在听吗？你站在灵魂之河里。你向大门走了一步，就一步。第二天，你又走了一步。”

“那需要很长时间的！”

“需要好几年。在这期间，你总是害怕被发现，害怕瘟疫会结束。但最终你到达了大门，大门永远都是敞开着的，你把大门的钥匙装进口袋里，”他咯咯笑了，“没有人留意到那把钥匙不见了。然后，你就自由了。”

水手们面面相觑。“你的主人总是这样胡说八道吗？”一个水手问我。

这才不是胡说八道，他就是从地狱来的，这一点儿不假。但这样的话会让我们两个送掉性命的。我耸了耸肩说：“你应该听听他是怎么说英格兰人的。”

水手们松了一口气，大声吼叫起来，塞昆德斯跌跌撞撞地去呕吐。第二天，他的脸颊都是灰白的，额头上挂着因为发烧流出的汗珠。

水手们仍然不放过我，对我怒目而视。里面装的什么？他们问起我背上的包袱。装的什么宝贝？我想知道他的驼背是什么样子的……我太害怕了，都不敢睡觉。所以我决定找一个安全的地方，远离他们，也远离抱怨我像鸟一样臭的老鼠。

我真是个傻瓜。

那天晚上，我爬上索具，停在支撑风帆的长直帆桁上。云遮住了星星和月亮，夜晚的风像斗篷一样柔软。

在我的上方，一只大雁嘎嘎地叫着，另一只大雁回应它。

你们来得太晚了，大雁。我喊道。

我们知道，它们这么回答，我们要回巢了。它们的鸣叫渐渐消失了，不过我仿佛还能听到它们展翅的声音。我想知道，在黑夜中乘着柔和的风飞翔，是什么感觉呢？别想了，我骂道，你只能想睡觉的事。

我的翅膀开始隐隐作痛。它们总是在疼，但在这里更疼了。从阿维尼翁的旅馆出来以后，我就没有舒展过它们，啊，我的翅膀抽搐着，我必须伸展一下翅膀……

不！那样会害得我和塞昆德斯丧命的。再说了，伸展翅膀似乎会使它们变大。

但这么想并不能让我平静下来。现在只有我一个人，没人能看见我，我只是伸展一下翅膀，缓解疼痛而已，只需要一会儿就好。

就这样，我屈从了诱惑。

我小心翼翼地取下圣彼得的包袱，把它系在桅杆上，然后脱下蓝色束腰外衣，把它系在包袱上，又解开了绑在翅膀上的破布条。

我的翅膀刚一动就开始痉挛，太疼了！

不过很快，疼痛消失了。啊，那感觉是多么快乐！我可以展开翅膀了。咸咸的微风像温暖的狗舌头一样舔着我，我的翅膀兜着风，就像双手捧起了水。

我站在帆桁上，我真勇敢，就像我从前站在树上一样，张开双臂，展开翅膀，我体会到了一种平生从未有过的快乐。

我在帆桁上不知站了多久，时而摇晃，时而跳跃舞动。这感觉是那么美妙，那么完美！最后，理智让我停下，我极不情愿地坐了下来，开始收拢我的翅膀。

但是，翅膀就是不肯听话。

我骂它们固执，骂我自己愚蠢，不过我还是想办法把它们绑起来。哎呀，真疼啊！但这是我活该，谁叫我刚才在半空中撒欢来着。我哭着把翅膀捆起来，穿上束腰外衣，背上圣彼得的包袱。然后，我把自己捆在桅杆上睡着了。

太阳出来了，我局促而羞愧，但心中充满喜悦……我回到甲板上，水手们惊恐地望着我，一个水手做出了请上帝保佑的手势。

我的卷发没有比以前更糟，包袱像往常一样在我的驼背上……

塞昆德斯来到我身边。“你背上的隆起变大了，你做了什么？”

“没有，老爷……”我说谎了。

“不要让他们见到你，水手们都吓坏了。”

我照做了，此后，不管我的翅膀有多疼，我也没再松开过它们。我坐在塞昆德斯旁边，他一边喝酒一边喃喃自语。风把我们吹向罗马，我睡在他身边，能闻到他那把地狱钥匙的臭气。我梦见自己展开了翅膀，微风轻抚着我的羽毛……然后，我的梦变了，奥克斯嘲笑我，厨娘斥责我，尖嘴猴腮的管家发出嘶嘶声。

我醒来时，我的驼背抽搐作痛，喉咙也被硫黄味灼痛了。我祈祷这趟旅程快点儿结束。

22

世界的尽头

我们终于到达了罗马城的港口，河里的水非常浑浊，停满了失事的船只，散发着沼泽般的恶臭。

水手们骂骂咧咧，费了好大的劲才把船靠上岸。这片河岸曾经十分壮观，但现在，河岸的石头歪歪斜斜，半埋在淤泥里，只有几堵墙还矗立着。那里的人看起来疲惫不堪，衣衫褴褛。乞丐们聚集在塞昆德斯周围，但离我很远，所有人都做出了请上帝保佑的手势。塞昆德斯恶狠狠地叫我站直了。

有个乞丐坚持带我们去罗马，他的胳膊塞在肮脏的破衣服下面。

“我知道怎么走，”塞昆德斯厉声道，“我以前住在这里。”

但是，乞丐仍跟在我们后面，絮叨着到城里要走一整天的路，路上不太平，有强盗出没。

塞昆德斯带着我沿街而行，这些街巷现在只能算是碎石铺成的小路。街边的房子没有屋顶，里面杂草丛生。我很清楚，瘟疫过后，房屋再也没有人居住，但仍然矗立着，只有战争会使房子夷为平地。不过这里的房屋遭受的破坏是如此缓慢，甚至连鬼魂都化成灰烬了，它们还未倒下。

我们看到两个男人正在砸毁一堵粉色大理石墙壁。

“那是外来者的房子，高尚的朝圣者。”乞丐哼哼着说。

“闭嘴。”塞昆德斯不悦地说，他的嘴唇抿成了一条细细的白线。

我们走近一个像地狱一样闪闪发光的坑……不过我告诉自己这里没有硫黄味，坑旁的人也不像魔鬼。

“他们在收集外来者的石雕，”乞丐絮絮叨叨地说，“富有的朝圣者想看看吗？”

有个男人往坑里扔了一块石头，这块石头被雕刻成了女人的脑袋，头发用一条带子固定。在坑里的煤块间，还有一尊肌肉发达的裸体躯干雕像闪着光。

“是上帝创造了石灰石……”乞丐目不转睛地盯着塞昆德斯的小布包，“这些石头可以用来为伟大的上帝建造教堂。”

“那不是石灰石，你这个野蛮人，这是艺术。”塞昆德斯擦了擦眼睛，“布瓦，这个城市……我以前在这里有个朋友，我常去见他。他的家族进口葡萄酒，我们就坐在他家的石榴树下，背诵诗人的诗文，用水晶杯品尝来自西班牙、西西里岛和普罗旺斯的美酒……我知道这很难想象。”

不，不是很难，是根本不可能想象出来。

我们走着走着，脚下的土地变成了沼泽，道路从泥沼里向上延伸出去。前面矗立着一座十层高的塔楼，它由各种颜色的大理石建成，柱子也不协调，只有喜鹊才会造出这样的建筑。

“是强盗呀，朝圣者，”乞丐尖声说，“他们建造高塔，称自己是贵族，他们从每个人那里获取钱财。”

塞昆德斯凝视着塔楼。他的目光扫过远处那些像骨头一样矗立着的柱子。“我得到过警告，但我还是不能相信……”他把手伸进小布包，“走开吧。”说着，他朝乞丐扔了一枚硬币。

乞丐突然伸出一只胳膊。他没有手！只有一段残肢。

这个可怜的人！“我很抱歉……”我开口道。

但乞丐一边粗鲁地做着手势，一边匆匆走开了。驼子似乎还不如没有手的乞丐。

塞昆德斯步履艰难地走向摇摇欲坠的塔楼。“走吧，布瓦。”

几个男人突然出现，他们脸上都有伤疤，手里拿着各种各样的武器。

“是强盗。”我气喘吁吁地说，一颗心狂跳不止。

“可怜的朝圣者都有鼓鼓囊囊的钱袋子，是吗？”块头最大的强盗得意地笑了，他的黑胡子卷曲着，“那孩子的包袱里装的是什么？”

一个女孩从他身边挤过，她的年龄不比我大，脚很脏，一头黑发缠结在一起。不过她腰间插着一把镶宝石的女士刀，卷发上扎着红丝带，黑色眼睛闪烁着机敏锐利的光芒。

她打量着我。“叔叔，他不是普通男孩。”

塞昆德斯叮叮当当地掏出一把硬币。“原谅我，但我们必须过去。”

强盗们立刻转向叮当声……

但那个女孩没有。“你是什么？”她问我，那语气就像一个农妇对母鸡说“你马上就要成为午餐了”。

“我什么也不是……我是说，我是个男孩……”

“他是我的仆人，”塞昆德斯在手掌上又放了一枚硬币，“我们刚刚下船，他把水手吓坏了，水手都觉得驼子是不详的。在阿维尼翁，我们找到了教皇，但教皇也怕了，他觉得驼子会带来厄运。”

强盗们后退了几步。

“那你为什么还带着他？”女孩问，还强调了最后的“他”字。

“我答应过他妈妈，会一直把他带在身边。他很少说话，吃得也很少。我很久以前就知道绝对不要碰他的驼背，甚至他的包袱，不然坏运气马上就会降临到我身上。”他向前走了一步，“我们可以过去了吗？”

大块头强盗抓起硬币，做了一个请上帝保佑的手势，但那女孩仍恶狠狠地盯着我。

我们一路小跑着，逃离摇摇欲坠的塔楼！塞昆德斯擦了擦额头说：“那姑娘有一双蛇一样的眼睛。你看到了吗？”

“是的，老爷，”我不禁哆嗦了一下，“她让我害怕。”

“我想是的，她甚至能让撒旦害怕。”

“喂！”那个女孩喊道，她在追我们！“你为什么要假装自己是个男孩？”

她让我局促不安！我紧张地拉了拉包袱的绳子。

“你背的是什么？”她叫道，“你这么大惊小怪，里面的东西一定很珍贵，是黄金吗？”

塞昆德斯转向她。“你认为你很聪明，是吗？”

“我知道我很聪明，”她答道，“我是我认识的人中最聪明的。”

“那你就做个好女孩，乖乖地回你那丑陋的塔里去吧。”他凶恶地说。

刹那间，那个女孩抓起一块石头朝他扔去。“不要用好这个字来形容我！我是邪恶的女孩，你明白我的意思吗？”

我目瞪口呆地看着她。人为什么要吹嘘邪恶呢？那本身就是邪恶的！

“我的曾祖父是元老院议员……你听说过元老院议员吗？总有一天，我会成为罗马女王。”

塞昆德斯嗤之以鼻。“罗马没有女王。”

他不得不再次闪避女孩扔过来的石头。“那只是暂时没有而已！”女孩喊道。“但以后会有的，我的儿子们将成为皇帝和教皇。你带了多少金子？”

塞昆德斯迈着大步走开，他呼哧呼哧喘着气。

我用意志力驱使自己跟上他，尽量不去理会后面那个邪恶的女孩。罗马的骄阳炙烤着大地，地上裂开了巨大的缝隙。断裂的白色坟墓排列在路边，每个坟墓都冒着绿水泡泡，前方的地平线上有一座巨大的建筑……

“老爷，”我喘着粗气，“有座教堂！”

塞昆德斯面露喜色。“圣保罗教堂，啊，布瓦，我们快到了。”

“肋骨、牙齿、拇指、脚趾、遗骨……”我数着，“下一个是遗骨。”

“是的，圣彼得的遗骨，就在圣保罗的坟墓里。”

那女孩还跟着我们！“顺便说一句，你们两个独自上路，简直是疯了。”

她刚一说话，就有一声狼嚎响起。

“你们听到了吗？”她乐不可支，“是狼，它们吃朝圣者。”

又一声狼嚎传来，我不禁哆嗦起来。

塞昆德斯走到我跟前问：“布瓦，你能控制狼吗？”

我惊恐地看着他，狼？

“这就是为什么朝圣者都是结伴上路的，”女孩继续说，“哎呀，我知道有些朝圣者在睡觉的时候被狼拖走……”但是我没有听到下面的话，我使劲儿跺脚，用脚步声掩盖她的话。很快，我就看到一队朝圣者走向那座巨大的教堂……

塞昆德斯看到这情景笑了。“他们是从罗马步行过来的，我们离罗马城只有不到一里格的路了。布瓦，我们只需要遗骨，那之后，我们就可以进罗马城了……”

女孩向我的头上扔了一枚鹅卵石。“你！跟我说话。”

塞昆德斯咬着牙。“你愿意做一个坏女孩，离我们远远的吗？”

“给我一个弗罗林。”她反驳道。

“不！”

“你不用喊……”她看着我，“你不需要隐藏，你知道的，你可以做个女孩。”她的目光飘向教堂，“到了那里，你们要小心点儿，那些修道士……”她摇了摇头，转身向摇摇欲坠的塔楼走去。

“修道士怎么了？”我问，她说的话似乎很重要。

她冲我咧嘴一笑。“如果他们抓到你偷东西，就会砍断你的手。”

23

试飞失败

我跟在塞昆德斯后面，那姑娘的话把我吓得魂不附体。修道士会砍掉小偷的手！我见识过了……那个可怜的乞丐！他偷了什么？不可能是比圣彼得的遗骨更值钱的东西。

“老爷？”

塞昆德斯拍死了一只蚊子。“什么？”

“老爷，我们也会那样吗？”

“什么？啊，不要想那些事。”

你没有回答我。“老爷，我可不想失去一只手。”

“我也不想。”

这仍然不能回答我的问题。“老爷，我不想偷东西。”

“别担心，眼下我需要的是强壮的脊梁和迟钝的头脑，而这两样你都没有。”

我们走到圣保罗教堂跟前，这座巨大的教堂位于破旧的建筑物之间。第一批基督徒（彼得鲁斯神父是这么告诉我的）在圣保罗的坟墓上建了这座教堂，他们把圣彼得的一半遗体放在圣保罗的旁边，这样教堂就得到了双重祝福。这就是塞昆德斯寻找的遗骨——圣保罗坟墓里的圣彼得的遗骨。

我们走近被夕阳照亮的墙壁，融进了朝圣者的队伍中。看到我，他们都做出了请上帝保佑的手势，把我指给他们的孩子看。

我真是受够了，我厌倦了别人的目光和手势，也厌倦了恐惧。

“你就不能走快点儿吗？”塞昆德斯厉声说，“别弯腰驼背了！”他嘀咕着，“很好，我要找个地方把你藏起来。”他翻了翻书，“不行……不行……完美。他们都死于瘟疫。”他在一扇门前停了下来，手腕一扭，打开了锁。“进去，”他命令道，“保护好包袱。”说完，他就把我锁在一间充满灰尘和孤独气味的房间里，屋内只有一扇高高的空窗。

“老爷！”我叫道，“我必须去罗马！”

没人回应我。

我叹了口气。唉，我讨厌这样！还要多久，我才能像普通人一样生活，而不被人盯着看？还需要多久，我才能不再害怕刀子、请上帝保佑的手势或是有着锐利眼神的邪恶女孩？我要去罗马，我要变成一个正常的男孩，罗马就在一里格之外……

我决定自己去罗马城和圣彼得的坟墓，看看我的奇迹能不能实现。然后我会帮助塞昆德斯完成他的任务，但那是在我成为一个正常男孩之后。

就是这样。

但勇气是廉价的，我根本无法逃离这个房间，塞昆德斯把门锁上了，我够不着窗户……

一个想法进入了我的脑海……不行！我绝不能暴露自己，要是有人看见怎么办？

然而，塞昆德斯可能要离开好几天，我不能忍受着恐惧，在这里干等。我必须冒这个险，我得先成为天使，才能成为一个正常的男孩。

我立刻忙活起来，费力地解开胸前的绳结，又费了一番力气解开破布条，身上有好几处都被磨破了皮。

第一次弯曲翅膀，我疼得尖叫起来，我的翅膀太疼了。很快，翅膀慢慢地张开了，比我的双臂还长，翅膀上的羽毛也变长了，闪着光亮。

即使我满心恐惧，又很匆忙，美丽的翅膀也令我惊诧不已。*你能感觉到风？*我问翅膀，*我需要你，就这一次。*我把包袱和束腰外衣系在腰间，祈求道：*求你了，圣彼得，帮助我，宽恕我使用翅膀。*

我走到房间的另一边，深深地吸了一口气。窗户的位置比我的个头高出一倍，但昏暗的天空给了我希望。看见了吗，翅膀？到天空中去，我们必须找到圣彼得的坟墓！

我蹲下身子，拍打着翅膀，全速奔跑起来，到达墙边时，我一跃而起。

我并没有飞出去太远，墙壁刮伤了我的手指，划破了我的紧身裤，扑扇的翅膀带着我撞到了石头上。我的脚趾胡乱寻找支点，我尽了最大的努力才抓住窗台，爬了上去。

我躺在窗台上，喘着粗气。

下面是一个空荡荡的院子，周围是一些黑暗的空窗，没有人走动，没有声音，没有烛光……这整座建筑似乎都被遗弃了。

你准备好了吗？我问翅膀。

我没有飞起来，没有。但我的翅膀展得足够宽，减缓了坠落的趋势，所以我只是撞伤了膝盖，没有一下子摔死。

自由的感觉真好。

快点儿，布瓦，如果塞昆德斯看到你，他会生气的。

我只好绑住翅膀，翅膀又长大了，布条已经几乎不够长了。真是顽皮的翅膀，但我很快就会失去它们了。

我穿上束腰外衣，背好包袱，把绳子拉得紧紧的。

我蹑手蹑脚地走出院子，我必须赶到圣彼得的坟墓。

我低着头，跟在其他朝圣者后面，就像一条忠诚小溪里的小鱼。人群挤了过来，我们涌入了一个广场。那是一个教堂广场，有半个天空那么大！彼得鲁斯神父看到了该有多开心啊。

朝圣者们跪倒在地，向前爬动。我加入了他们的行列，我怎么能不这样做呢？

我在一群爬行的朝圣者中，跪着爬进了教堂。

啊，真叫人难过。教堂的屋顶已经完全倒塌，天花板的横梁也已经破碎，开裂的地上长出了浓密的杂草。“这里发生过地震。”朝圣者们彼此低语着，掏出硬币捐赠，然后往前爬去。

我没有硬币，但我被他们的热情所吸引，和其他人一起爬着。我爬向圣坛，圣坛外面围着栏杆，两个修道士正用耙子把祭品收集在一起。一位漂亮的女朝圣者把一根系着布条的绳子伸进圣坛上的一个洞里。她拉回绳子后，亲吻了布条。当她离开圣坛时，其他朝圣者都围过来，伸手去摸那布条。

我也伸出手，也跟他们一样喃喃地说着“圣保罗，圣保罗”。我跟着其他人下了楼梯，来到圣坛下面的一个地窖。地窖的一面墙上有一个铁格栅，后面是圣保罗石棺的尾部。铁格栅前立着一个木头做的小圣坛，两个修道士正在警告朝圣者不许刮蹭墙壁，因为他们会把这儿的任何东西都当成圣物，包括墙壁。

我笑了，圣彼得的骨头温暖着我的背。看哪，我低声说，这是你的朋友圣保罗的坟墓，你的遗骸就在里面……

一只手捏住了我的肩膀，灼热的呼吸炙烤着我的耳朵：“我发现我的天使飞走了。”

24 第五件圣物：遗骨

我像条鱼一样猛地抽动了一下，但那人紧紧地抓住我。“你逃了出来，你这个笨蛋！”是塞昆德斯！

我大大地松了一口气。“对不起，老爷……我一直在找圣彼得……”

“嘘！”一个长得很像黄鼠狼的人嘲笑我，他的指关节上布满了打斗留下的疤痕，“驼子都是骗子。”

塞昆德斯摇了摇我。“你不应该来这里！”他的眼睛因为发烧而通红，还闪耀着怒火，但此时我还看到了恐惧。

“他的包袱里装的是什么？”黄鼠狼脸问。

“与你无关。布瓦，到那个角落坐下，不要动。”

我的耳边传来了厨娘的声音：你这个笨蛋，刚出虎穴，又入狼窝。事实上的确如此，现在看来，我也得参与塞昆德斯的盗窃行动了！

黑夜降临，我们周围的朝圣者们匆匆离开了，我眼巴巴地看着他们离去。

“钱也有他一份吗？”黄鼠狼脸问。

“不，”塞昆德斯叹了一口气，“我也不要，我只要遗骨，所有的硬币都给你。”

一提到硬币，黄鼠狼脸就僵住了，像是狗嗅到了气味。

“一千年来，朝圣者们来到这座坟墓，我曾见过……”塞昆德斯马上打住了，“他们把捐款从棺盖上的洞扔进去。现在那儿的钱足够给你买一个红衣主教当了。”

黄鼠狼脸舔了舔嘴唇。

塞昆德斯将注意力转向了修道士们。他把硬币塞进他们的手里，和他们一起走到楼梯边，答应在他们唱晚祷的时候看守坟墓。修道士们离开了，他们不愿意离开坟墓，但很感激能得到钱币，而且他们很想去做祷告。他们答应很快就回来。

此时，就只剩下塞昆德斯、我和那个指关节上有战斗伤痕的黄鼠狼脸了，而黄鼠狼脸显然并不是朝圣者。

“去楼梯那儿放风，布瓦。”塞昆德斯命令道，随后他打开了铁格栅。

黄鼠狼脸从他的朝圣长袍下拿出了锤子、凿子和撬棒，他们两个人吃力地爬上了木圣坛。

音乐从楼梯上飘下来，伴随着修道士们的唱诗声。

黄鼠狼脸配合着音乐的节奏，敲打着棺材的尾部，塞昆德斯开始使用撬棒……

音乐结束，黄鼠狼脸停了下来，调整了一下他的手。

一首新的赞歌开始了，我往楼上看，心里纳闷为什么没有人来？塞昆德斯和黄鼠狼脸干的事太邪恶了！

塞昆德斯费力地忙活着，他的额头上挂着汗珠，黄鼠狼脸也使出全身力气捶打。棺材尾部的石板嘎吱嘎吱地动了……接着掉落了，塞昆德斯和黄鼠狼脸费了很大劲儿才接住，轻轻地把它搁在地上。塞昆德斯把手伸到打开的棺材里，却又缩了回来，微笑着吹了吹手指。“全拿去，”他小声对黄鼠狼脸说，“快点儿！”

黄鼠狼脸咧嘴一笑，把硬币塞进了一个袋子。

“遗骨！”塞昆德斯低声说。

黄鼠狼脸又抓了一些硬币。他又伸手去够，可怎么也够不到，于是他转向我……

不！我不行！“老爷……那个乞丐……”

黄鼠狼脸拔出一把匕首。“进去。”他命令道。

塞昆德斯看着我说：“遗骨，布瓦，很快就好了。”

黄鼠狼脸一边划着匕首尖，一边向我咧嘴笑。

站在圣坛上……这本身就是一种罪过！再说了，这棺材里看起来那么黑。

“求你了，布瓦。”塞昆德斯小声道。

“别求他！”黄鼠狼脸从圣坛上跳下来，盯着我……

但我已经从塞昆德斯身旁爬了上去。我会帮助他的，我必须帮他。

“谢谢你，布瓦，来，踩我的手上去……”

我自己可以爬上去的。我深吸了一口气，向棺材爬去。里面太暗了！布满了尘土！我的包袱被棺材的边缘勾住了。“不！”我喊道……

哎哟！我的屁股上一阵剧痛。

“别碰他！”塞昆德斯对黄鼠狼脸咆哮道。

我用力一扭，虽然扯破了包袱，但我进入了棺材里。“我很抱歉，”我低声说，“我很抱歉进了你的坟墓，圣保罗。”

“快点儿，布瓦！”塞昆德斯低声说。

我承认，对一口棺材而言，里面的空间实在是太大了：长度超过一个成年人的身高，宽度有我的一半身高那么宽，但是我坐不起来。啊，这儿太黑了，我的脚趾和手指都碰到了尘土、灰泥和碎屑，我的头撞在棺盖上。包袱摩擦着，绳子都磨损了。“圣彼得！”我把手伸到身后，但为时已晚，包袱从我背上掉了下去。

“布瓦，把遗骨收集起来！”

“拿硬币呀，你这个臭小子！拿钱呀！”

我摸索着，把碰到的每一样东西都推到了开口处。

“多弄一些！”黄鼠狼脸发狠地说，硬币在他的袋子里叮当作响。

一块骨头，一条长布……唉，我的翅膀好疼，它们紧紧地绷着布条。

“快出来。”塞昆德斯低声说。

一声叫声响起！

我猛地向后退。布条断了，我的束腰外衣的缝线裂开了，我的翅膀展开了！

咚咚声传来……

我趴着转了个身。从棺材敞开的一端，我可以看到修道士们飞快地走下地窖的台阶。修道士！

我挣扎着爬向棺材的另一端。求求你们，圣徒们，不要让他们看见我……

一个修道士走近打开的棺材。啊，他离我很近！只要他试一试，他就能看到棺材里面……

他弯下腰，我能看见他剃过发的脑袋，他把黄鼠狼脸的袋子放进棺材，还低下头祈祷。“阿门。”他完成了祈祷。

阿门。我默默地重复道，即使是小偷也能做祷告。

修道士低着头退了回去。

我长出一口气。

又来了很多修道士，他们手里的小铲子上有潮湿的灰泥。我肯定会被抓住的！

他们把灰泥涂抹在棺材边缘，眼睛一直低垂着，没有朝棺材里面看。他们举起棺材尾部的石板，把它放回原处。

黑暗顿时笼罩下来。

一声重击让地面都颤动起来，修道士们把一块更重的石头放了下来，也许他们挡住了铁格栅？

四周一片死寂。

我蹑手蹑脚地向前爬，用力去顶棺材尾部的石板。但它却纹丝不动。

我竟然被封在了圣保罗的坟墓里。

我不恐高，也不怕从高处掉下去，但是我怕黑。蚯蚓应该生活在地下，尸体也在地下，但像我这样的活物却不能在地下生存。“塞昆德斯，”我低声说，“塞昆德斯！”

我多希望我能叫那个修道士回来！当小偷被当场捉住下场很凄惨，被人发现是天使更糟糕，但没有比被困在坟墓里更可怕的事了。只要可以住在地上，而不是被困在地下，连坐都坐不起来，我愿意牺牲我的双手，甚至我的生命。

但等一等，四周并不是彻底的黑暗……

有个洞！圣坛上的洞！女朝圣者就是把布条从那个洞里

放下去的，那个洞从圣坛向下延伸，一直穿过棺盖。

我向上看过去，有烛光在闪烁！

一阵嘈杂声传来，我真想挪挪脚，站起来，跳一跳……修道士也许会砍断我的手，但那是我活该，人不需要手也能跳。

我把嘴贴在洞口。“救命！”我喊道。

有人在大叫着下命令。随着一阵石头的刮擦声，亮光消失了。我刚才看到烛光的地方现在什么也没有了，洞被封上了吗？

我尽可能地把手伸进洞口……但是我的手指够不到顶端。“救命！砍掉我的手吧！”

我喊得喉咙发痛。我砰砰地敲着石板，敲着棺壁，敲着棺盖，朝堵住的洞口大喊。我的拳头流血了，膝盖流血了，头也流血了。

我会死在这里。

但是等一下……天使会死吗？我不会饿……一个需要吃东西的人才可能会饿死。

我一次又一次地摸着棺壁、棺底、泥土……

我会发疯的，我现在已经疯了。

我躺在那里，盼着塞昆德斯、黄鼠狼脸，或者随便什么人来。我努力回忆刚才的情形，有人在尖叫……是塞昆德斯在叫吗？他一定还活着，他可是塞昆德斯！他在地狱里待了一千年还能逃出来。如果他没了一只手，他还会来找我吗？我哆嗦了一下。“求求你了，老爷，”我低声说，“一定要来救我。”

我摸索着寻找圣彼得的包袱，一把将它抓住。我跪下来，翅膀摩擦着棺盖，我开始祈祷。我向圣彼得和他在这个坟墓里的遗骨祈祷，我向圣保罗祈祷，感谢他与圣彼得共享一座坟墓。

我迷迷糊糊地睡着了，陷入了被困在地下的噩梦中……

每次我醒来，都发现我的噩梦即是现实。

· 抵达 ·

第　四　部　分

25
红胡子和灰胡子

一个尖锐的男声响起。

第二个声音低沉地说着一个故事，那似乎是一个很长的故事，但讲述者很喜欢。

现在我能看见说话的人了，他个子很高，留着大胡子，灰白卷曲的胡须覆盖着他的脸和下巴，他的眼睛周围都是皱纹。他身上穿着白色的亚麻布衣，挥舞着一把长钥匙。

“我说我以前听过了。”第二个人穿着溅有墨水的亚麻布衣，在一本厚厚的书上写字。他的红胡子很长，他的头发也是红色的，但有些秃顶。

“是吗？那鱼骨的故事呢？”灰胡子问。

“拜托了，兄弟。”写字的人用笔蘸了蘸墨水。

“你写的字真漂亮。”灰胡子感叹道。

“我再说一遍，我可以教你。”他一边写，一边向后捋胡子。想想看，一个人能一边又写又说，一边捋胡子，他该多么聪明啊！

“我只是个渔夫……天哪，有人来了。”

红胡子没有抬头。“是的，来的是天使。”

“上帝保佑我。”灰胡子笑了，我注意到他少了一颗牙。他的头闪闪发光，他们两个的脑袋都闪着光。“你好。”

“你好，神父……”神父似乎是最合适的字眼。

“不过，你是天使，还是男孩？”他皱起了眉头。

“他一直和塞昆德斯在一起。”红胡子吹着墨水。

灰胡子摇晃着钥匙。“啊，塞昆德斯，那个找到了出路的人。”

“正是，”红胡子看着我，他的眉毛很浓，眼神很犀利，“布瓦，你还有事情要做呢。”

我趴着醒过来，脸埋在一堆碎石中。

为什么我周围这么黑？我刚才明明在光亮中……

我摸到了石造的建筑，石壁很厚。我的指尖满是抓挠棺壁留下的疤痕，不过现在它们已经几乎愈合了。

我睡了多久？

长着灰胡子的高个男人看上去是那么和蔼可亲，光头男人非常聪明，他会写字，知道塞昆德斯，也知道我……

是圣彼得！当然是他，圣彼得有打开天堂的钥匙。另一个人一定是圣保罗，他在写一本好书。

一块灰泥扎到了我的脸颊，我把它拂开，发现那块灰泥摸起来是温热的。那热度不是来自我，而是它本身具有的。

那不是灰泥，是一块骨头。

我抓住这块碎骨，立刻就能看见一个红头发的人在布道。虽然有些人在辱骂他，但其他人在认真听着，男男女女都在祈祷。

这块碎骨属于圣保罗的手臂，我甚至能看到它的轮廓……碎骨在闪闪发光，足以让我看清它的形状，看清我的手上有五根手指。我的手还在！我甚至可以看到皮肤上的尘垢。

我环顾四周。棺底上有一块块斑痕，这些斑痕不像其他地方那么黑，旁边放着一块岩石。不，不是岩石，是骨头。我摸了摸骨头，立刻感到了圣彼得的热情，尽管他只是一个连字都不认识的渔夫。一块亚麻布发出暗紫色的光，我摸了一下，就知道它是圣保罗的裹尸布残片。我抓住那块残片，开始祈祷。

这座坟墓里的每一块碎片都有故事，每一块碎片都必须分类摆放好。

“布瓦，”圣保罗说，“你还有事情要做呢。”

于是我忙活了起来。

我开始整理自己在棺底上能找到的一切，并把它们分别堆在一起。干泥最多，我把它们堆成一堆，这意味着曾有洪水淹没了这座教堂。要是洪水把我淹没了怎么办？但是我强迫自己不要这么想，别想了，布瓦，你还有事要做。我把泥堆在角落里的一堆硬币旁边。

我把圣保罗的骨头和裹尸布的残片放在了石棺的头部。

我自己则安顿在另一端，我把圣彼得的圣物都放在了那里。我的包袱里有肋骨、牙齿、拇指、脚趾，现在还多了从圣保罗的坟墓里找到的圣彼得的遗骨。肋骨、牙齿、拇指，脚趾、遗骨。

我把束腰外衣当成枕头，那可怜的衣服现在已经支离破碎，无法修补了。但这无关紧要，我暂时不需要把自己遮盖起来，毕竟现在没人能看见我。

起初，我试着不去理会我的翅膀。我变成一个正常男孩后，就会失去它们了。但是，翅膀很喜欢被触摸，在清理的时候，羽毛摸起来很舒服。笼里的鸟会整理自己的羽毛，被俘的鹰也会整理自己的羽毛。所以，我想我也应该整理羽毛，我甚至可以把一些羽毛伸到嘴边。虽然我不喜欢灰尘的味道，但我很享受整理翅膀后的感觉。梳理翅膀要花上好几个小时，但最后我的翅膀会像丝一样光滑。

在这个又窄又矮的石棺里，我只能先展开一边翅膀，再展开另一边，我现在整理翅膀越发熟练了，甚至可以想象出用翅膀飞翔的感觉。想象一下，在庄园上空翱翔，向雅克先生挥手致意。看到我，他会笑吗？山羊会注意到我吗，它们会大笑吗？别总想着飞了，你想让厨娘或奥克斯看见你吗？他们已经把你当成怪物了！我不想听到人们用一些听着令人难受的字眼称呼我。你是天使，还是男孩？圣彼得这么问我。我是个男孩，我一定要成为一个男孩，总有一天会的。

虽然两位圣徒没有再出现，但我并不孤单，有一只老鼠与我做伴。我始终没弄明白老鼠是怎样进入石棺的，它蜷曲着身体，靠着我的脖子睡觉，还用它的胡须把我叫醒。它热切地给我带来了一些面包屑，我把面包屑递给它时，它一口一口地吃下去，我吃光了，你可别后悔哟！它清理它的耳朵，而我整理我的翅膀，我们就像两只在阳光下梳洗的猫。

所以你看，我的生活是相当不错的。事实上，最糟糕的是我的噩梦：长着尖刀手指的管家追捕我，那个黑眼睛的女孩不停地问我问题，还向我投掷石头……我会惊醒，不过一看到黑暗，我的心跳就会慢下来。没有哪个邪恶的灵魂能在这里找到我！除此之外，我整理圣彼得的遗骨，以及圣保罗的骨头和裹尸布，我还把泥土组成不同的图案。有时我觉得自己好像听到了脚步声和唱诗声，但这些都是我尽全力不去想的现实的回声。我教老鼠沿着我的翅膀跑，嘲笑它的胡须，然后，我就整理我的翅膀。我还有很多事情要做。

我现在就是这样过日子的，而且我知道，未来很长一段时间，我依然要这么度过。

26

一个大致勾画出的人物

我花了很多时间琢磨塞昆德斯这个人。

圣彼得说塞昆德斯是“那个找到了出路的人”。圣彼得认识塞昆德斯！这很好，是的，因为他拥有打开天堂的钥匙，也许圣彼得打算让塞昆德斯进去。但随着时间的流逝，这个希望消失了，我知道塞昆德斯去了哪里，他回地狱了。我在做祷告的时候，还请求撒旦好好对待塞昆德斯。我不相信我的祈祷会有帮助，但我能做的只有祈祷了。

一天，我像往常一样，抱着圣彼得的包袱蹲在角落里，把泥土弄成葡萄藤的图案，老鼠趴在我的肩膀上看着。我边唱歌边摆弄泥土，这首歌是我瞎编的，我过去常对着雅克先生这么唱，他听了会笑得泪流满面。可怜的雅克先生，在他受伤后，我试着唱这首歌给他听，但厨娘总是让我去干活。

第一个注意到有动静的是老鼠，它的耳朵竖了起来。

也许我应该把泥土做成常春藤的样子，毕竟常春藤不是那么歪歪扭扭的。塞昆德斯给他的儿子唱过歌吗？可怜的卢修斯，他独自在天堂里，没有父亲在身旁……

石头的刮擦声响起，老鼠从我的肩膀上跳了下来。

有光从棺盖上的洞口倾泻而下，光线洒到棺材里，太亮了，我尖叫起来。老鼠，发生什么事了？我喊道。

老鼠跑开了。快藏起来，布瓦！

可藏到哪里呢？老鼠，帮帮我！

现在我听到有人在争论。竟然有人在圣坛吵架，这可真奇怪。随着光线变化，一个影子出现了……

一根羽毛从圣坛的洞里飘了下来——那个洞现在又露出来了。

不，不是羽毛，而是一张书页，边缘都被烧焦了，它正好落在我的葡萄藤上。

我爬过去，用颤抖的手展开书页，把它举到光线下。

是一张草图，画的是一个小男孩，细细的胳膊，卷曲的头发，大大的眼睛。小男孩还长着翅膀，两条带子在男孩瘦弱的胸膛上交叉着……

那是我的画像！一个背着圣彼得包袱的天使男孩。

“塞昆德斯！”我大喊道。

有叫喊声响起，一个影子从洞的上方闪过。有人在说话，是一群人，还有人咳嗽了一声……

“老爷，我在这儿！”

“谁？”我听到的可能是“谁”，也可能是别的，外面太乱了，我也不确定。“我……我是不是听到了圣彼得的名字？”一个声音叫道。

“不……不……”他在说什么？

“你是说我们都应该离开这座教堂，去圣彼得的坟墓吗？”

我可没那么说！但那是塞昆德斯的声音，一定是的，也许我疯了……“是的，你们应该从这里去圣彼得的坟墓。”但是不要忘记我。

又有一个影子闪过。“说的是什么？”一个人问道，他听起来很专横。

我该怎么办？我应该回答吗？我把嘴贴在洞口，我希望你知道你在做什么，老爷。“你们应该去圣彼得的坟墓！”

一时间人们叽叽喳喳说了起来，就像有一千只乌鸦在叫。喧闹声越来越大，脚步声也越来越响。

“塞昆德斯！”我把手伸进洞里，向着那看来十分遥远的光伸去。但我只是擦伤了手，还带下来不少沙砾。

骚乱平息了。

“塞昆德斯？有人吗？”老鼠？但四周一片寂静。

那一刻……是我一生中最糟糕的时刻。在这之前我训练自己不要抱有希望，让自己相信坟墓里的生活是有价值的。但是那光芒，那些说话声，点燃了我的希望。现在我的希望破灭了，这是我所能想象到的最可怕的折磨。

我爬到角落里，尽量远离洞口。我蜷曲着身子，用翅膀捂着耳朵，手里攥着圣彼得的包袱。

没有声音，除了灰尘在光柱中飘过，没有任何动静。

更多的灰尘……

灰尘。

灰尘像雨点般落在我头上，有灰尘，还有灰泥。

棺材的盖子开始升起，就是那个我曾努力去触摸洞口的棺盖，此刻它正在升起，而圣坛就在它的上方。我见过那个圣坛！它很大，厚度超过了我的胳膊的长度；它还很重……我甚至想象不出它有多重。

一缕明亮的光线倾泻下来，一个人把头探了进来，他的脑袋笼罩在光线下。“布瓦，你在吗？”

祝福你，圣彼得！祝福你，圣保罗！“我在，老爷！”

“你……”他的声音像是哽住了，“你怎么样？”

“我能听见你！”

“不，我的意思是，你还好吗？”棺盖处的裂缝变宽了，“你能钻出来吗？”

我不知道该怎么解释。“老爷，我的外衣扯破了……我包不住我的……东西……”

“这玩意儿很重，布瓦。”他听到我说的话了吗？

无所谓了……我必须出去。于是，我拿着圣彼得的包袱，从坟墓里爬了出来，落在教堂的地上，展开的翅膀耷拉着。我环顾四周，一想到石头和刀子就皱起了眉头……然而，巨大的教堂里空空荡荡。

“啊，很高兴见到你。”塞昆德斯擦了擦脸。他看上去气色很不好！双颊凹陷，眼睛青肿……

“你哭了吗，老爷？”

他笑了，揉乱了我的头发。“包袱还在。干得好，布瓦。”

随着一声可怕的轰隆声，棺盖连同上面的圣坛一起往下落。但是，什么样的男人才有这么大的力气，能完成这样一项不可能完成的任务呢？

不是男人，正在放下石板的，是女人。

是四个女人，四个洗衣妇，她们的袖子卷着，露出因为一直拧衣服而变得肌肉发达的手臂。她们每个人都挥舞着一根用来在桶里搅衣服的棒子，搬动棺盖时，她们的嘴里发出啧啧的声音，背部绷得很紧……

随着一声巨响，带有巨大石头圣坛的棺盖被放回了原处。

“老爷，为什么教堂里没人？”

“嘘，”塞昆德斯笑了，“我以后再告诉你。”

四个女人把我团团围住，她们满面笑容，抚摸我的头发，还把我抱起来，掸掉我的紧身裤上的污垢。她们咯咯笑着展开我的翅膀。我的翅膀！它们是白色的，但也有蓝色、紫色、金色，翅膀尖端是浓郁的红色。我的翅膀闪闪发光。

洗衣妇们把翅膀叠起来，让它们贴着我的身体。在我出生之前，我的翅膀就是折叠着的。

啊！翅膀就应该折叠起来。

一些画面浮现在我眼前：燕子在降落时收起翅膀……麻雀跳跃着寻找面包屑时会把翅膀放在身后……天鹅在水面上滑翔，优雅地漂浮着，它们也会收起翅膀。

“你在做什么？”塞昆德斯对我皱起眉头。

“对不起，老爷，我就是试着像鸟儿一样移动……”羽毛贴在皮肤上的感觉真好，我的翅膀像鞋里的脚趾一样摆动着。

“嗯，”他咳嗽一声，“你背上的隆起不见了。”

“什么？”我忙转过身。我可真傻，没人能看到自己的后背！我只好伸手去摸……

我有翅膀，是的，现在我的肩胛骨之间贴伏着我的翅膀，隆起消失了。

我站在那里，目瞪口呆……这时候，有个洗衣妇跪在我的脚下，我吓得跳了起来。她很快把我紧身裤上的破洞缝补好了，其他人则举着一件束腰外衣，那是她们用其中一个洗衣妇的裙子衬里在很短时间内做好的。她们给我穿上束腰外衣，它的布料经过多年的洗涤都发白了，但摸起来十分柔软。啊，外衣服服帖帖地贴着我的背。

“感觉真好，”我低声说，“谢谢你们。”

洗衣妇们咯咯地笑着，用她们强壮的胳膊把圣彼得的包袱绑在我身上。

我试了试绳子，转向塞昆德斯。“肋骨、牙齿、拇指、脚趾、遗骨，现在你有五样了。”

他笑了。“是的，我还有你。”

我和塞昆德斯大步穿过巨大的废墟教堂，头顶上是蔚蓝的天空。洗衣妇们亲吻了我的卷发，向我挥手致意。再见，老鼠，我喊道，再见，圣保罗，谢谢你与我分享你的坟墓。

“走吧，布瓦。”

教堂鸦雀无声，空空荡荡……是这样吗？

“走吧，”塞昆德斯说，“我们必须抓紧了。”

27

圣彼得和圣保罗的头骨

大家都知道，除了在圣保罗坟墓里的遗骨，圣彼得的尸骨长眠于他在罗马的坟墓里，但许多年前，教皇决定必须特别保存两位圣徒的头骨，于是他带走了圣彼得和圣保罗的头骨，把它们安置在“众教堂之母”教堂，因为那是属于教皇本人的教堂。这样，教皇、圣彼得和圣保罗就在一起了。为了躲避罗马人，教皇逃往阿维尼翁城，但他的教堂仍留在罗马，两位圣人的头骨也在那里，由人守卫着，而且从未被展示过。只有在 1350 年这个圣年，他们的头骨才会被供奉在圣坛上，供数百万人瞻仰。

我和塞昆德斯跋涉了一里格的路，从圣保罗教堂一路走到罗马城，就是要前往“众教堂之母”教堂。我们有了肋骨、牙齿、拇指、脚趾和遗骨，现在我们需要头骨。多么灿烂的阳光啊，微风吹拂着我的卷发。有一个光滑的脊背，还有包袱贴合着它，这感觉多么美妙啊。我们走在一条古道上，四周连个人影儿都没有，只有蚊子在嗡嗡飞着。

“你好，沼泽。”我边跳边叫，“你好，废墟。”

“慢一点儿，”塞昆德斯笑了，“我们还有一段路要走呢。”

我跳回到他身边。“你没死，老爷！”

“你也没死。”

“我很担心你，但你还活着。”

“确实如此。”

“你的手还在……”我拉着他那只有伤疤的手。

“是的，修道士们没有抓住我。”

黄鼠狼脸……尖叫……“老爷，你是怎么活下来的？”

“啊，我演了一场戏。修道士发现我们时，我只有一瞬间来自救，于是我就用脑袋去撞墙。”

“什么？”

他摘下帽子，露出一块泛黄的瘀伤。“我的头狠狠地撞在墙上，然后我就直接晕了过去。当我醒来时，我说是另一个朝圣者打了我。”他指的是黄鼠狼脸。

我吃惊极了，停下了脚步。“但……这是在撒谎。”

“啊，布瓦，我必须活下去。你知道，偷圣物是一种非常严重的罪行，但捣毁圣坛的罪过更大。那个人是有罪的，你不同意吗？我只是给他多加了一项罪而已。”他的笑容消失了，“你呢？你这几天是怎么过来的？”

“还不错。”

他哆嗦了一下。“他们不允许任何人靠近坟墓，不要贿赂，也不让人去祈祷。”他轻敲着长袍下面的钥匙，“至少小钱，他们是不要的。”他的笑容回来了，“我是多么想你呀，布瓦，看守的那些狗……”

“你去偷钱了？”

“我从罗马的每个有钱人那里都偷了一点儿钱！我找了几个强壮的女人，给了教堂很多金币，”他把手指卷曲成杯状，就像握着一只橘子，“这样我才到了圣坛的那个洞，我才能……”他咽了口唾沫，“知道你怎么样了。”

“我就知道是你！所以我才喊。”

“我听到了。我都没法形容出我当时有多安慰。我立刻有了一个主意，宣称有一个声音让所有人离开教堂，去圣彼得的坟墓。”

“那是我的声音。”我高兴得发抖。

“啊，布瓦，你演得很好，所有人都走掉了，”他摇了摇头，仍然很惊讶，“就连修道院长也走了。”

那一定是个壮观的场面。成千上万的朝圣者、修道士，还有一位修道院长，全都冲出了教堂大门。我叹了口气：“我要是在那儿就好了。”

“你这个笨蛋，你当时在场啊，当你出来的时候……”他突然停了下来，把目光移开了。

“你的圣物也回来了。”我十分干脆地说。

“我关心的不是圣物……”他盯着路边的沼泽，有很多昆虫在乱飞，“我以前住在这里的时候，这片土地上到处都是别墅。”

“那时候地上没有泥吗？”

他哼了一声。“我们把水抽干了，把这片荒地变成了花园，变成了我们的家。当时这里很美的，布瓦。但是后来野蛮人来了，沟渠被堵塞，没有人知道如何排水。”他吐了口唾沫，“野蛮人一无所知。”

远处传来一声嚎叫……是狼。

就连塞昆德斯也不禁哆嗦了一下。“我们也不能容忍……瞧，布瓦，罗马的雄伟城墙，”前面矗立着一堵破旧的高墙，“这就是罗马城的边界。”

“是你们以前建造的吗？”城墙似乎绵延了数英里。

“建造城墙是为了抵御野蛮人，但这并没有奏效。现在狼在城市里四处游荡，如今的罗马人就是一群废物。”

我们穿过下陷的大门，唉，我太失望了，这座城市看上去与外面的荒原并没有什么不同。道路仍然布满了裂缝，车辙斑斑，树木从腐烂的屋顶中生长出来。我寻找狼的踪迹……但只看到城里的斑驳阴影，狼群很可能就藏在影子里。

我们来到一栋巨大的建筑前，它实在太大了，我都望不见它的另一端。“布瓦，那儿曾是罗马最大的浴室，里面的图书馆有着比当今世界所知的更多的智慧。”他翻开他的书，那一页上画着一座建筑，有拱门、雕像和喷泉，天花板几乎和太阳一样高。

“这是你画的，老爷？”

“我以前就住在里面。我把它画下来，是为了记住……”他对着一片爬满葡萄藤的废墟点点头，“我想，那就是我的好朋友马吕斯的别墅。他有一座大力神赫拉克勒斯与狮子搏斗的雕塑，卢修斯见了那座雕塑就害怕，却还一直盯着看……”

卢修斯是塞昆德斯的儿子。

“弗莱维娅怪我害儿子做噩梦，但这种情况只发生过一次，他以为狮子在我们的门外。他喊我过去，注意他喊的是我，不是弗莱维娅，也不是保姆。”塞昆德斯笑了，“我告诉他狮子是不会攻击我们的。我说：‘我太瘦了，狮子不愿意吃。’他就问：‘那我呢？’他真有点儿律师的样子。我说：‘你太小了，给狮子塞牙缝都不够。’说着，他翻了个身，又睡着了。”塞昆德斯凝视着天空，他的目光飘到了一千年前。

“对不起，老爷，”我低声说，“我很遗憾你失去了他们。”

“很长一段时间，我都不让自己抱有希望，而现在，记忆就像洪水一样涌上心头。”

回忆也把我包围了：雅克先生把他的儿子抛起来，那孩子高兴地尖叫；雅克先生笑我唱无聊的歌，唠叨着让我吃饭……

暮色四合，天空变暗了。我们经过挤满朝圣者的房屋，教堂台阶上有修道士在分发面包，朝圣者们正在抱怨面包不够多。我们路过一顶顶帐篷，在地震中失去家园的人就住在里面。妇女们在路边生火做饭，孩子们在朝圣者的脚边玩耍。

“别耸肩，布瓦，”塞昆德斯低声说，接着他又问，“你在干什么？”

“我……我在走路啊，人不都是这么走路的吗？”

他笑了。“我可不这么认为。”

我只好更努力地尝试……但是一个人怎么才能做到正常呢？毕竟每个人都是正常的。

我的眼前出现了一个到处是朝圣者和帐篷的巨大广场，卖稻草的小贩穿行在拥挤的人群中，兜售铺盖，可惜他们不能叫卖浴盆。

我们穿过像谷仓一样大的门，走进“众教堂之母”教堂。这座建筑的受损程度甚至比圣保罗教堂还严重，屋顶在可怕的地震中消失了，墙壁上有被火焰熏黑的条纹，而依然屹立着的柱子都被烧焦了，与夜色一样黑。

“老爷，这太可怕了。”

“确实，我没料到会有这么多人。”身穿棕色长袍的朝圣者挤满了教堂，数不清的人排着队去敬拜，我们被人群推着向前走。

圣坛奇迹般地在大火中保存了下来，两位圣人的头骨也没有被大火焚毁。它们被安放在圣坛上，蜡质的脸颊是粉色的，眼珠像玻璃一样，其中留着灰胡子的是圣彼得，圣保罗则留着红胡子，有些秃顶。他们的头骨离我那么近，要不是有粗栅栏保护着圣坛，我几乎能摸到它们。

“你好，圣彼得。”我低声说，他那玻璃一样空洞的眼睛瞪视着我。

有个修道士捅了一个老妇人一下。“往前走，你挡住队伍了。走起来，孩子。”

他没有叫我驼子！洗衣妇把我打扮得很好。

就这样，我和塞昆德斯被拥着往前走，就像朝圣者海洋里的两个软木塞。我们通过了像谷仓一样大的门，回到了外面。

塞昆德斯找到了一片安静的阴凉处，坐下来叹了口气：

“人太多了。”

“是的，老爷，但好在你有计划。”教堂的门要怎么才能关上呢？

“我没想到有这么多人。”

“你的书里是怎么说的？”

“我的书里什么也没说，”他凶巴巴地回答，“我又不是变戏法的。我有我的智慧和钥匙，仅此而已。”

我们凝视着“众教堂之母”教堂，发黑的柱子支撑的只是空气。小贩们在卖酒、面包和烤肉，朝圣者们唱着虔诚却又不适当的歌曲，鸟儿们的喧闹声预示着夜幕的降临。

“也许你可以控制狗去偷头骨。”塞昆德斯建议。

“我做不到！再说了，狗也够不着。”

“嗯，没关系。”

吃呀，吃呀！鸟群尖叫着，归巢啦，归巢啦！

有朝圣者走过，看着我低声说着什么。他们没做出请上帝保佑的手势，但是……

“不要驼背。”塞昆德斯说。

“但他们盯着我呢。”我不喜欢那种感觉，我的皮肤感到刺痛。

“他们没有盯着你，他们只是看看而已。”塞昆德斯闭上眼睛，“他们从出生那天起就被困在跳蚤满地跑的村庄里，这是他们唯一冒险的机会。”他哼了一声，“看着我们……天哪，我们怎么才能弄到头骨呢？”

“不要失去信心，圣彼得希望我们拥有它。”

“是吗？”

“当然，”我拍了拍包袱，“否则他不会给我们这五件圣物的。”

一只燕子飞过。吃呀，吃呀！归巢啦，归巢啦！

塞昆德斯叹了口气，眼睛仍然闭着。“你是对的，我们就直接进去拿好了。”

黑夜来了，它来了！鸟儿叫道。

我皱了皱眉，思考着说：“老爷，我有个主意。”

28

第六件圣物：头骨

天边出现了第一道亮光，在被熏黑了的教堂上方，夜空在一点点变亮。

我站在教堂里，周围是一群朝圣者，塞昆德斯就在外面。“保佑他安安全全的，”我对着背上的包袱低声说，“也请保佑我，求你了。”我补充道。

在我周围，朝圣者们或在闲聊，或在祈祷，我们慢慢走向圣坛。我紧紧地闭上眼睛，低声说着祈祷的话。教教我，我低声说，我是一只小鸟，教教我怎么飞。我冲着天空说出了这些话。

一个声音传到我的耳朵里：什么，什么？一只地上的爬虫在说我们的话！

另一个声音说：看呀，一只小鸟，一只小鸟！

其他声音也加入进来：什么？什么？小鸟？不！不！

是的，是的！那个声音回答道，朋友们，我们教教他吧。来吧，朋友们，我们教教他！

我睁开眼睛。

一只燕子从我头上飞过，掠过我的卷发。别那么近，我大笑起来，我们会被发现的。我离圣坛是那么近，我几乎可以碰到栏杆。

一只椋鸟俯冲而过。只有一只？我问道，罗马肯定不止一只椋鸟。

等一下！椋鸟厉声说，等一下，你会看到的。

我站在圣坛前，圣彼得的头骨离我只有一臂之遥。

“走起来，”修道士嘟囔着说，“走起来，那个男孩。天哪……”

“看！”一个朝圣者小声说。另一个朝圣者跟着道：“看上面！”

教教我，朋友们，我笑了，告诉我什么是幸福。

你看到了吗？你看到了吗？椋鸟们喊着。天上是无数只椋鸟，是比星星还要多的椋鸟。

燕子在天空中俯冲。小鸟，小鸟！我们在飞，我们在飞！

我看见了，我回答道，真是太美妙了。

一群鸽子像一片平滑的乌云那样翱翔着。乌鸦呱呱地叫着俯冲下来：看好了，小鸟，我们多么厉害！麻雀叽叽喳喳地飞着议论：有面包屑吗？有面包屑吗？它们呢喃着，眼睛不停地搜索着，不停地搜索着……

但是，最棒的是椋鸟。教堂里所有人的注意力都被它们吸引了。它们盘旋着，黑压压地填满了天空，从教堂的一端飞到另一端。它们翻腾着，旋转着，时而像巨大的波浪，时而又像一条细线。*羡慕我们吧，地上的爬虫！*它们咯咯地笑着，绕着发黑的柱子盘旋。

朝圣者们目瞪口呆地盯着它们，每一张脸上都写满了惊奇。

我可以观察椋鸟一整天。椋鸟、燕子、麻雀、乌鸦、鸽子和云雀，就连大雁也飞来了，天鹅们有力地拍打着翅膀，还有燕鸥……有三只鹰在高高的空中盘旋……所有的鸟儿都在振翅飞翔。

我有翅膀……

你这个傻瓜，我责备自己，把视线拉回到地上的爬虫身上，*你还有事情要做呢*。我看了看周围，感觉到有目光落在我身上，但好像没有人在看我。连修道士们也呆呆地看着那些鸟。

我悄悄向前伸出手，把胳膊伸进栅栏之间。

*我们在飞，我们在飞！*鸟儿们唱着歌……

我的手指碰到了蜡质头骨，一股暖意从里面传出来……

看！椋鸟俯冲下来，在天空中写了一首只有上帝才能读懂的诗。

蜡层覆盖的是一块头骨碎片，但我一碰到它，那块骨头就松了。那是一块缺了一颗牙齿的头骨碎片。当然了，那颗牙齿在我的包袱里，安全又温暖。

看我们，看我们！椋鸟叫道……

教堂的远端传来一声尖叫。“小偷！”一个男人尖叫道，“这儿有小偷！”

我迅速地拿起那块头骨碎片，修道士发现了吗？没有！我把碎片从栅栏间拿出来，钻进了朝圣者的人潮中。

“小偷！”那声音尖叫道，“小偷就在我旁边！”

修道士们在人群中寻找那个尖叫着抓“小偷”的人。

“小偷！”那人吼道，他的肚子里装满了酒和面包，钱包里装满了塞昆德斯的金币。乞丐很吵，但是被贿赂的乞丐更吵。“他就在这儿！”

我在朝圣者的双腿间钻来钻去。

“小偷！”修道士们一声接一声地喊叫着。

“小偷！”朝圣者们叫嚷着，推搡着彼此。

我闪身穿过人群，到处都有朝圣者挡住我的路。有的朝圣者穿着靴子，有的穿着凉鞋，还有的长着发黄的厚指甲；有的朝圣者像奥克斯一样强壮，有的瘦得像麻秆，人们如同篮子里的织物一样紧挨在一起。我推着，挤着，扭动着，还蹲下来爬……

终于，我来到了门口，穿过像谷仓一样大的门，冲出教堂，来到广场。广场上几乎同样挤满了忙着朝拜的人。

“快点儿！”塞昆德斯喊道，他用力移动教堂的大门，脸涨得通红。“你，”他对一个鞋匠喊道，“我们必须把门关上，不能让小偷跑出去！”

“小偷？”鞋匠猛地从长凳上站起来，“我不能容忍偷窃行为。”他使劲儿推门，塞昆德斯也在推，大门关上了。

塞昆德斯麻利地用钥匙锁上了门，没有理会里面砰砰的敲门声。“感谢上帝，感谢你，善良的鞋匠，现在教堂安全了。”他拄着手杖大步走开。

我跟了上去。我们走过一间间肉铺，走过一个个施行放血术的医生摊位，走过一堆堆苍蝇飞舞的马粪，走过比树还高的废墟。我头顶上的椋鸟在大笑，但是燕子已经飞走了，乌鸦成群地包围了老鹰。

多么勇敢的乌鸦，竟然在攻击……

不要再想那些鸟了。我告诫自己。

塞昆德斯停住了脚步。他擦了擦额头，喘了口气问：“拿到了吗？”

我小心翼翼地给他看了头骨碎片，祈祷千万不要被人发现。

“啊，”他呼出一口气，“肋骨、牙齿、拇指、脚趾、遗骨、头骨。”

“肋骨、牙齿、拇指、脚趾、遗骨、头骨，”我把头骨碎片塞进包袱里，“现在只要找到家就行了。”

塞昆德斯大笑着前行。“是坟墓，布瓦，不是家，你总是记错。我们现在只要到圣彼得的坟墓就行了，什么也无法妨碍我们了！”但他的笑声变成了咳嗽，他走起路来像个垂垂老矣的人。

我抓住他的胳膊，看看周围，哄他快点儿走。我知道，有人在监视我们。

29

强盗和狼

我们拖着步子在崎岖不平的路上走着，塞昆德斯绊了一下，我扶住了他。

他咯咯地笑了笑。“你救了我，布瓦。”

即使在白天，这条路也很黑，到处都是杂草，我又感觉皮肤被刺痛了……

“你听到了吗？”他重复道，“你救了我。一千年来，我只想着自己的痛苦，是你提醒了我做人的意义。”

我仔细思考他的话。“你也救了我。在我遇见你之前，人们总是朝我扔石头。”

“他们用石头砸你，是因为你是个驼子，你现在再也不是驼子了……”

我听到了一种可怕的声音：远处有狼在嚎叫！

“快走！”塞昆德斯低声说。

“快走！”我也同时说。

但是，唉，我的主人走得很慢。

我们气喘吁吁地走到了一座山丘的顶部，既是因为害怕，也是出于敬畏。在我们面前是一个满是废墟的山谷，山谷那边是一个镇子，镇子上烟雾缭绕，人挤着人，房子像是快要散架了一般。“这就是曾经辉煌无比的罗马城，”塞昆德斯喘着粗气说，“从这里到城墙，就是罗马城的范围。这里曾经有一百万人！现在这里的人只能填满一座教堂。”

我们下了山，塞昆德斯喃喃地讲着宫殿、庭院和雕像。我试着让他安静下来，不然他会喘不上气的，而且狼会听到我们的声音……

狼嚎声传来，而且离我们更近了。兄弟们！姐妹们！一只狼嚎叫着，杀呀！

“老爷，”我惊恐地低声说，“我能听懂它们在说什么！”

“那它们在说什么？”他看着我的脸，“啊，肯定不是什么好话。”

嚎叫变成了吠叫：兄弟们，姐妹们……有气味！是一个男人！还有一个小孩！

“快跑，布瓦！”塞昆德斯推着我。

“我不能扔下你……”我好害怕！

灌木丛里响起了碰撞声。姐妹们！兄弟们！杀呀！

有只狼惊叫起来：那个小孩会说我们的话！

一只狼冲到路上。那是一只巨大的白色母狼，它蹲伏着，挡住了我们的路。

我愣住了，塞昆德斯也愣住了。我连大气都不敢喘。

它向我们扑过来，还嗅着气味。你不是人类。

我……我倒抽了一口气，我想我是天使。

“你在跟它说话吗？”塞昆德斯不动嘴唇地悄声说。

安静！狼走近了一些，他是什么？

他是我的主人。

他与你是同族吗？

突然，一声呜咽哽在我的喉咙里。是的，他是我唯一的家人。

母狼用冰冷的黄眼睛盯着塞昆德斯……

它溜回草丛里。姐妹们，兄弟们，它叫道，我们去别的地方捕猎。

它走了。

塞昆德斯紧紧抱住胸口，坐在一根倒下的柱子上，他的脸颊和嘴唇都是灰色的。

“太可怕了。”我喘着气说。

“我不确定……我能不能……继续。”

“你必须坚持下去！我们快到达终点了。肋骨、牙齿、拇指、脚趾、遗骨、头骨……你应该把头骨这个词划掉！”

然而，他并没有把书拿出来，只是呆呆地出神。“我还有什么机会？我还能去天堂吗？”

“老爷，你必须有信心。”

他哼了一声。“确切地说，那一切更像是我的妄想。”

我摇了摇他……我生气了！“就像我知道太阳会发光一样，我肯定，只要我们赶到坟墓，你就会得救，我也会得救。”

“你？你不需要救赎。”

“我需要，我必须变成一个正常的男孩。”

“什么？”他眨了眨眼睛。

“我知道圣彼得会答应我的祈求的，我们只要到他的坟墓……”

有动静……

我跳了起来，塞昆德斯转过身。

有个人从灌木丛里爬了出来。那是一个孩子，光着脚，长着一头黑发，戴着红丝带。就是那个自称邪恶的女孩！那个朝我扔石头的女孩。

“糟了。”我低声说。

她哈哈笑着向我们走来。“你们两个差点儿被吃掉！如果是那样，就太浪费我的时间了。”她望着塞昆德斯，“我给你二十个弗罗林，买你的仆人和他的包袱。”

他费力地站了起来。“两样都不卖。”

“我早料到了，那我们要不要合伙？有了那包东西，我们两个就可以拥有这座城市了。”

他哼了一声。“那包东西毫无价值。”

“一文不值？如果里面有圣彼得的头骨，就另当别论了。”她咯咯地笑着，我皱起了眉头，“我看到你们拿走了头骨。你们利用了那些鸟，这一招挺妙。但话说回来，你是天使，你从圣保罗教堂里爬出来，背上长着翅膀……亏我还以为你是个女孩呢。”

“你疯了。”塞昆德斯对她说。他抓住我的胳膊，大步走开。

“我不会走那条路的，”女孩叫道，“你们最好和我一起走。”

塞昆德斯的呼吸很刺耳，但他的声音仍然很坚定。“别理她。”

“很好，”她叫道，“我们可以把他的羽毛和眼泪卖了……想象一下，天使的眼泪！我可以买下罗马所有的丝绸……”

塞昆德斯一步一步地穿过荒原，我走在他旁边。

伴随着一道黑影，那女孩飞奔过去……

她拿着刀堵住了路。“我告诉过你们了，这条路不安全。”

塞昆德斯挥舞着手杖，把她的手打到一边。

我被吓到了。我曾多次看到我的主人表现勇敢，但从来没有见过他像现在这样英武，因为我知道他这么做，要花多大的力气。

那女孩恶狠狠地咒骂一声，却还是走了。她从我们身边经过时，朝我们的脚边啐了一口唾沫。“你们会后悔的！”她继续大喊大叫，但我集中精力扶着塞昆德斯，他像一根芦苇一样摇晃着。我们缓缓地走过沼泽遍布的神庙和巨大的白色大理石建筑。

“刚才的话我只说一次。”女孩喊道。

我们走近了一座堡垒。这儿曾经是一座巨大的拱门，有许多雕像，但现在顶部建了城垛，巨大的拱门被填上了。

在我们身后，女孩吹着口哨……

有人从堡垒中走出来，是几个剑客和一个尖嘴猴腮的男人。

管家！

“我告诉过你们这条路不安全，”女孩窃笑着对我们说，她向管家伸出手掌，“我说到做到，把人给你们带来了，现在把钱给我。”

管家转向剑客。“杀了她和朝圣者，不要动那个仆人。”

剑客们猛冲过来，塞昆德斯被击倒在地。他一动不动地躺着，帽子掉在了泥里……

“塞昆德斯！”我喊道……

“闭嘴！”女孩恶狠狠地说，她用刀抵着我的喉咙，“我抓住了你的战利品！”她对管家喊，“让你的人走开，不然我就杀了他。然后，我就把你这头猪的内脏挖出来。”

我忍不住哭了起来，我们就快到圣彼得的坟墓了！

“别浪费你的眼泪了！”她的刀刺痛了我的脖子。

救命啊！我无助地想。

管家怒视着女孩，他的剑客向后退开……

“坚守你们的阵地！”他对他们喊道。

剑客们仍在后退。哐啷一声，他们手里的武器掉在了地上。

管家盯着我们，脸色发白，他望向我们身后。

剑客转身逃跑了。

“狼！”管家也尖叫着逃跑了。

女孩转过身……

一群狼向我们猛扑过来，一只白狼向我扑过来……

它一口咬住女孩的手腕，把她扯到一边。

我跌跌撞撞地走开。

塞昆德斯动了一下。

“老爷！”我爬向他。

管家跑了……他跑得很快，有三只狼在追他……

白狼把女孩扔到地上。杀呀！我要咬断她的喉咙……

不！我喊道。

白狼盯着我，它的爪子搭在女孩的脖子上。是你叫救命的。

我知道。我晃了晃塞昆德斯。“醒醒，老爷。”血从他前额的伤口流出来。

不会有人想念她的。白狼咆哮道。

也许没有，但你救了我就够了。我捡起了塞昆德斯的帽子和手杖。“走吧，老爷，你觉得你能走吗？”

“啊，我的头很疼。”塞昆德斯挣扎着坐了下来。

“很快就到了……”我抬头对白狼说：谢谢你。

但是白狼已经走了。

女孩躺在土地上，满脸怀疑。不止怀疑，还有恐惧。“那畜生要杀了我。”她低声说。

我转向塞昆德斯。“靠在我身上……”

她说了些我听不清的话。“回答我！”她喊道。

“回答你什么？”我可没时间听她唠叨。

“你阻止了那只狼……我知道是你。为什么？”

“因为我是好人。”我调整了一下塞昆德斯放在我肩上的手臂，“一步一步走……很好。”我能感觉到女孩的目光落在我身上，但我没有理会她。“你走得很棒，老爷……”

我没有杀她，没有。我看得出来，那女孩太害怕了，她不敢跟着我。但她差点儿杀了我，她穿过罗马一路跟踪我，好像我是猎物一样……

我要去圣彼得的坟墓。那之后，我就再也不会有恐惧了。到了圣彼得的坟墓，我的烦恼将会消失。

30

第七件圣物：坟墓

我们拖着沉重的脚步走着，碎裂的柱子分布在杂草之间，建筑物支离破碎地倒在地上，有些建筑依然矗立着，它们的窗户都被碎石堵住了，现在的罗马人就像白蚁一样。

“这里曾经是广场，”塞昆德斯斯擦了擦额头上的血，“现在它被埋葬在了一千年的灰烬和污秽之下。”他盯着一个牛粪堆说。

我把手搭在他的腰上。“走吧，老爷。”

我们继续往前走。我向在这片荒原上露营的朝圣者和住在倒塌房屋中的罗马人求助，但他们都不搭理我们。

四周的味道越来越难闻，汗味、尿壶味和猪的味道混在一起。我们现在就在城市里，破碎的塔楼在狭窄的街道上若隐若现。塞昆德斯向四周张望，每一次呼吸都使他的身体痛苦不堪。“我觉得自己有一千岁了……”他喘着气说。

“我说，你们倒是快走呀！”一位肚子肥大的朝圣者骑着驴子向我们走来，他的戒指在阳光下闪烁，他不停地拍打着驴子的两肋。

啊，驴子，我叫道，他抽打你，真是太可怕了。

驴子的耳朵竖起来了。你能说我的话……嚯嚯！他的鼻子翻卷着，你那个同伴身上有一股屁味。

“快走，你这个愚蠢的畜生！”朝圣者抽打他的坐骑。

“对不起，”我试着劝说，“如果你不打它的话……”

“不关你的事！”

我很抱歉，我对驴子说。我吃力地往前走，塞昆德斯靠在我身上，他的额头渗出了血。

一群人挤在一辆独轮手推车周围，手推车上有一个漏了的酒桶，人们手拿酒杯，用胳膊肘挤来挤去。我们勉强挤过这群人，戴着金戒指的朝圣者却过不去。他的喊声盖过了喧闹声：“喂喂，让开路！”

塞昆德斯四下看了看，皱着眉头。“布瓦，这个城市不一样了……”

“喂！”戴金戒指的朝圣者尖叫道。

我回头一看，正好看见驴子把那个朝圣者从背上甩了下去。嚯嚯！驴说，我只会驮着好人。它踢着蹄子，从人群中挤过去，好像那些人不过是些大石头。它小跑着来到塞昆德斯跟前。到我的背上来，你这个臭家伙。

哦，驴子，我哭了……

嚯嚯！我讨厌礼仪。塞昆德斯爬上了驴鞍。驴子说：你的主人就像一袋豆子。

谢谢你。我低声对圣彼得说，这头驴的出现简直就是个奇迹。

我、塞昆德斯和驴子出发了。塞昆德斯的呼吸不再那么急促，他的脸色好转了……

在我们前面，人群上方闪烁着金属，是长矛。士兵来了！

驴子看着我：你怎么了？你在喘粗气。

如果士兵们在找我们呢？我耸起肩，我不应该耸肩的……

“让开。”一个士兵叫道。他凝视着塞昆德斯问：“这是血吗？”他的马盯着我们……

嚯嚯！驴子咆哮起来，往别处看，你这匹肥马。

那匹马猛地一跳，几乎把士兵从马鞍上甩下来。士兵分散了注意力，继续骑马前进。

谢谢你，驴子。我松了一口气。

嚯嚯！我讨厌别人在我面前显摆。

士兵们一个接一个地从我们身边走过，他们的马躲避着龇牙的驴。

塞昆德斯眨了眨眼睛。“那些是……骑士吗？”他的身体晃了晃。

“不要担心，我们很安全。”至少目前是安全的。

人越来越多，有扛着木炭、面粉和干草的搬运工，有出来跑腿的仆人，还有贵族、拾荒者、杂耍艺人、修女……旅店老板大声叫嚷着住宿的费用。到处都是朝圣者在挤来挤去。

烂泥和污水的恶臭迎面扑来。“啊，”塞昆德斯叹了一口气，“那条河。”

我们穿过一座桥，桥上挤满了食品摊和神龛。闪开！驴子叫着，欢快地咬着朝圣者。

过了桥，我们就到了圣彼得坟墓所在教堂的台阶。这是世界上最大的教堂，也是最重要的教堂，朝圣者都是跪着爬上台阶的。台阶上挤满了商人：货币兑换商展示着硬币，绸缎商展示着精美的丝绸，香料商人带着一袋袋稀有的香料，拔牙的人挥舞着钳子……

“我见过这里最初建造时的样子，”塞昆德斯凝视着教堂，“台阶……我们称它为通向天堂的阶梯。”

我们爬上台阶，驴蹄在大理石上发出咚咚的响声。我惊叹于教堂巨大的青铜大门，朝圣者们成群结队，我从未见过这么多的朝圣者和商贩。

我们到了门口，一位身材魁梧的牧师挡住了我们的去路。“驴子不能进入。”

我强忍着才没有沮丧地叫出来。“求你了，神父，请帮帮我们吧。”

“我很想帮你们，但是……”他盯着塞昆德斯，“啊，这个人在流血。”

我紧握着他的双手。“我们走了很远的路才来到这里！求你了，神父……我们必须见到坟墓！”

“啊，你看起来很绝望……”神父挠了挠下巴，“这只动物听话吗？”

“它总是很乖的，神父，你看到了吗？”求你了，驴子，给我一个吻。

驴子抽动了一下耳朵……但它在我的手指上轻轻咬了一口，又在我身上蹭来蹭去。

“你们很快就会出来，是吗？”

“是的，神父！”我拥抱了他，几乎是跳过了门槛。我们进入了圣彼得坟墓所在的教堂！我几乎无法闭上嘴，我的心里充满了敬畏。教堂里燃着的蜡烛足有一千支，赞美诗和祈祷的声音不绝于耳，焚香和蜂蜡的气味直飘过来，甚至连塞昆德斯都有些目瞪口呆。

驴蹄在大理石地上直打滑。嚯嚯，我觉得这里太吵了。

对不起，驴子，你真是太好了，肯驮着……

嚯嚯，你又开始啰唆了。

塞昆德斯向我伸出手。“我们成功了，布瓦。”

“是的，老爷，”我紧握着他伤痕累累的手，“你很快就可以去天堂了。”

“你也可以做一个正常的男孩，直到你再次成为天使。”他勉强笑了笑。

“你是对的，”我强忍住泪水，“也许我们会在天堂相遇。”

“我应该……很喜欢那样的安排。”他擦了擦因为发热而变得通红的眼睛，指着圣坛下面的一段楼梯，“下面就是坟墓。”

我哄着驴子走下台阶。还要走多久？当我们在拥挤的过道上拖着脚前行时，它问。

应该不会太久吧……“老爷，你准备好了吗？”

他笑了。“是的，卢修斯。”

“我不是……”他想到了他的儿子，这多好啊，他很快就会见到他了！

我们转了个弯。“坟墓！”很多朝圣者跪在走廊的一个门口喊道，他们伸出手，喊着“坟墓”。

一个穿丝绸长袍的牧师把朝圣者们拉了起来。“你们看够了，走吧。”

我们走向那道门，越走越近。我突然意识到了一个问题：“老爷，坟墓太远了！我们摸不到！”

塞昆德斯眨了眨眼睛。“是的……大门……锁上了……”

在我们身后，朝圣者们推推搡搡……

驴子的耳朵抽动着。嚯嚯！太吵了！

“老爷，你有什么计划？”

“计划？我们必须打开……”他努力把注意力集中在他的书上，“我找不到……那一页了……”

“往前走！”牧师大声喊道。

怎么了？驴子叫道，你又气喘吁吁了！

牧师看见了驴子。“野兽怎么会出现在我的教堂里？”

野兽，啊？嚯嚯！驴子露出了牙齿。

“来吧，老爷。”我搀扶塞昆德斯下来，我们尽可能靠近坟墓的大门。

“嘘，走开！”牧师拍着双手叫道。

你敢打我！驴边踢边叫。

塞昆德斯向大门走去。“卢修斯……弗莱维娅……”

“快跑！”朝圣者们喊道，“那头驴子发狂了！”他们惊慌失措地互相推搡着。

“别吵了！”牧师喊道。

塞昆德斯把手伸进铁栏间，伸向他够不着的坟墓。

“嘘，你这个蠢货！”牧师抽了一下驴子的鼻子……

太粗鲁了！驴子咬住牧师的长袍，一下子把长袍扯了下来！永远不要侮辱一头驴子！它飞快地跑过走廊，那件漂亮的丝绸长袍飘动着。嚯嚯！

牧师只穿着贴身内衣，跑去追驴子，后面跟着其他朝圣者。

“上帝总是会显灵。”塞昆德斯喃喃地说。

周围安静了下来，走廊里空无一人。“快点儿，老爷！钥匙！”

“钥匙？啊……”他在长袍里摸索着，“我的手指……”

“我拿到了，老爷。”这把钥匙太臭了，但钥匙一插进锁里，门就打开了。

坟墓就在我们面前。

“挽住我的胳膊。”也许我们只需要走三步，就能到坟墓。

“坟墓……”塞昆德斯喘息着说，“我必须……收集……七件……圣物……”

“老爷！”我扯掉绑在胸前的绳子，“肋骨、牙齿、拇指、脚趾、遗骨、头骨、家……不！”我笑了，“是坟墓，不是家，我总是说错最后一个。”

“也许这并不是你在寻找的坟墓。”他笑了笑，“再见，天使，我爱你。”

“我也爱你，老爷，永远。”

他接过圣彼得的包袱，他伸出手……我也伸出手……我们碰了碰墓墙。

我高兴得发抖，墓墙摸起来暖暖的……

“你在干什么？快离开那里！”那个牧师向我们走来！

我转过身……又转回来……

地上有一块破旧的褐色朝圣布、尘土和一些枯槁的骨头，那些骨头看起来有一千年了。

塞昆德斯不见了。

31

做一个正常的男孩

“滚开！”那个牧师尖叫着向我猛扑过来。

“坟墓门打开了！”朝圣者们叫喊着冲进大门。

“圣彼得，”我把双手放在坟墓上祈祷，“请让我成为一个……”

牧师抓住了我。“不要碰！那个高个子朝圣者去了哪里？”他拖着我从朝圣者之间走过，恶狠狠地叫嚷着让每个人马上离开。

“圣彼得！”我喊道，“塞昆德斯！”但我并没怎么挣扎，因为我能感觉到外衣下面的翅膀，我担心牧师也会感觉到。

我就这样被拽走了，牧师大叫着说我是小偷，两个魁梧的朝圣者抬着我穿过教堂，每个人都对我怒目而视。我太难过了！我透过窗户凝视着外面的蓝天。塞昆德斯在天堂，他完成了他的追求！但是，我想他了。

“帮帮我，塞昆德斯，”我低声说，“救救我，现在你到天堂了。”

但是没有人来帮我，那两个魁梧的朝圣者紧紧抓住我的胳膊，人群发出不满的嘶嘶声。

他们把我扔在教堂门口。“你该感激自己没有落得更悲惨的下场。”其中一个朝圣者粗暴地说，他掸去了手上的灰尘。

“你！”一个胖牧师大步走过，刚才就是他去追驴的。他指着台阶说：“你自己看看！”

我低头看那些卖书、徽章、衣服和水果的小贩……水果商贩的篮子倒了，苹果和杏子撒得到处都是，一串串的葡萄像醉汉一样散落在地上……

“都是你的驴干的好事！”牧师叫道。

“对不起，但是……”我转身回去，我必须去坟墓……

“快走！”牧师攥着拳头叫道，“快走吧，不然你就要挨揍了！”

于是我跑了起来。我从那些篮子、朝圣者和商人面前快速跑过，我可不愿意挨打！

我一直跑到了一条臭烘烘的小巷，里面有一段被毁坏的楼梯，除了一只棕色的瘦狗，什么人也没有。

我蜷缩在楼梯下面，慢慢地伸出手……

我的心一沉——我的翅膀还在，我敢肯定，虽然翅膀折叠着，但它们仍然是翅膀。

我到了罗马，摸到了圣彼得的坟墓！但我仍然不是一个正常的男孩。我必须在墓前完成我的祈祷……但怎么才能做到呢？

一个女人出现了，她的脸皱得像个放久的苹果。“你在干什么？”

“对不起，我在休息……”

“滚开，孩子！”她拍了拍围裙，这个动作真像厨娘做的，我吓了一跳。厨娘责备我偷懒的时候，就会拍围裙。

老妇人走上楼梯，楼梯发出嘎吱嘎吱的响声。“没用的孩子，你会偷我的母鸡，我敢肯定……”她关上了门。

我想说：我没有偷鸡。然而，我没有说话，也没有动，我没有地方可去。你好。我和那只棕色的瘦狗打招呼。

狗抓了抓自己的脖子。

狗？我叫它。真奇怪，它怎么不回答我……

三只燕子飞过小巷。吃呀，吃呀，它们叫道。它们在翱翔！看着它们，我感到翅膀上传来一阵阵刺痛……

不要，翅膀！我命令自己。

然后……一个声音传来。

为什么？

我跳了起来。“塞昆德斯！”

但是声音并不是从巷子里传来的，它来自我的脑袋。为什么？那个声音问道，我很熟悉他的语气，塞昆德斯就是用这个语气让我心乱如麻，让我觉得错就是对。不过，有时错误的其实是正确的……你为什么不动你的翅膀？那声音问。

因为……我的回答很重要，因为人们会看到我是天使。

棕色的狗不再抓挠。是吗？它说，有人在说话吗？

我头顶上的门突然打开了，老妇人出来倒尿壶。“走开，孩子！”她又迅速把门关上了。

有人在说话吗？狗又问。它费力地站了起来，摇着尾巴。

我扑通一声坐了下来，我没有力气站起来，我的脑袋里一团乱……

那个老太太叫我孩子！一个想法钻进我的脑海，她没叫我驼子或怪物。是的，圣彼得教堂里的朝圣者都对我怒目而视，但是没有人做出请上帝保佑的手势。我也许有翅膀，但多亏了那些洗衣妇，我的外衣现在平平整整地覆盖在我的背上。我的驼背消失了。

另一个想法涌了出来：啊，跟动物说话真了不起。

第三个想法出现了：天哪，但是小便很臭的！就像任何到过城市的人一样，我也想过这件事，但就在那一刻，我恍然大悟。如果我是个正常的男孩，我就得小便。我就得吃，喝，大便，而且每天都是如此！真是浪费时间，而且多臭啊，也许当一个正常男孩也有不好的地方。

我的第四个念头是圣彼得那张满是胡子的脸，他皱着眉头看着我问：你是天使，还是男孩？现在我还不知道答案！

我最后一个想法，也是最响亮的想法，只有一个字——飞。

狗吃力地走了过来。

我抓了抓它的耳朵。我是什么，狗？天使？还是男孩？

啊？狗喘着气说，你再说一遍？

两个都是，一个声音传来，是我脑海里的那个声音，这个声音得到过塞昆德斯的言传身教，对那些想伤害你的人来说，你是个男孩。但在你心里，你是一个天使。

在我头顶上，门又开了，老妇人啪啪抖着一块抹布。“一点儿忙也帮不上……”

她跟厨娘一模一样，总是在小声抱怨，总是在责骂，总是支使别人干活。厨娘甚至没有请牧师，闹瘟疫那会儿，她有时间忙这忙那，却没有时间拯救夫人的灵魂……

我终于明白了真相。

厨娘是没时间做好人，因为她忙于照顾病人，忙着维持庄园的运转。

我茫然地站了起来。在束腰外衣下，我的翅膀动了动，它们自行折叠起来了……

我的翅膀，我有翅膀。

我缺少一些身体部位，这有关系吗？我只要一直穿着衣服，就可以了！

老妇人提着一篮子亚麻布，吃力地走下楼梯。“这么多人，全都游手好闲……”

我挺直了胸膛，我再也不想藏着了。“打扰一下，需要我帮忙吗？”

她皱眉瞧着我。“你这个淘气的孩子，该不会是想偷走这些布吧！”

“不会的，我保证，我可以帮你提篮子。”

她那布满皱纹的脸绷紧了。“我可没钱给你。”

“当然不用。”我轻轻地从她手里接过篮子。

狗摇着尾巴跟着我们。

“你为什么要这样做？”老太太厉声说。

是一位圣徒让我这么做的，其实我想这么说来着，因为我的内心是天使，天使都是善良的。“因为有活儿要干，我喜欢帮忙。”

她的怒容稍稍缓和了一下。“好吧，”她把一绺头发塞进帽子里，“你最起码还能做这些。”她真的很像厨娘。

我咧嘴笑了笑，她的话里藏着感激之情，如果你能感受到的话。

三只燕子在小巷里俯冲下来。小鸟！小鸟！来飞呀！来飞呀！

我的翅膀有些刺痛，想要展开……那天晚上在船上，我展开翅膀，温暖的风吹着我的羽毛……

“你走得太快了。你知道，我不年轻了。”

我把目光拉向地面。“我很抱歉。”

她哼了一声。“作为一个男孩，你还不算太没礼貌……你的卷发真像个天使。”

我忍不住笑了。“别人也是这么说的，”我朝篮子点了点头，“我要把篮子送去哪儿？”

“别这么没耐心。走开！”她向狗拍打围裙。

什么？狗问道，我要做什么？

没什么，狗……“我肯定它很乖，你有骨头吗？”

“骨头？给一只流浪狗？”老太太做了个鬼脸……不，等等，她好像笑了。

你以后会吃到骨头的，我对狗小声说。

狗的耳朵竖起来了。骨头？以后，什么以后？

于是，我按老妇人的步调走着，把篮子挎在腰间，狗摇晃着尾巴跟在我们后面。太阳把我的卷发晒得暖暖的（我的卷发很像天使！），我裸露在外的脏脚趾和裹着翅膀的外衣也被晒得暖暖的。

燕子俯冲而过，它们的翅膀拂过我的耳朵。你有羽毛，小鸟！来飞呀！

我会的，我回答它们，但现在还不是时候，我还有事情做。“有事情做……”

老妇人看着燕子起起落落，她的脸色变得柔和起来。有那么一会儿，她的眼睛像孩子的眼睛一样闪闪发亮。“孩子，你说什么？”

“是一位智者曾经对我说的，”这位智者就是圣保罗，“他说还有事情要做。”

从劳动中可以收获快乐，只要你知道如何找到这种快乐。

32

肋骨、牙齿、拇指、脚趾、遗骨、头骨、家

坐落在山上的庄园看上去那么小，而这个庄园曾经就是我的全部世界……

路过一个装着临时大门的空茅屋时，我心中一颤，瘟疫又回来了吗？但是一头猪懒洋洋地躺在猪圈里，我看了总算放下心来。猪圈的栅栏保养得很好，是有人在养这头猪。

你好，猪。

我饿了。猪抱怨道。

你总是饿，我笑了，饥饿是猪的天性，好好享受这阳光吧。

我大步走开。这头猪享受阳光的日子不会太多了，秋天是丰收的季节，很快猪就会变成香肠和火腿了。可怜的猪……不过它似乎很满足，九月的阳光是那么灿烂。

果园坐落在远处，就在三月，果林的树枝还是那么杂乱

繁多，但现在，硕大的苹果挂在修剪过的枝子上。果树和猪一样，都得到了很好的照料。

就像那些树一样，我也变了。我微笑着，抚平束腰外衣。折叠好的翅膀贴在我的双肩之间，每天晚上，我都把它们展开，享受风拂过翅膀的感觉，再把它们收起来，就像祈祷完，再把两只手放回原位那样。现在还不行，翅膀，我答应它们，但很快就可以了。

我的脚趾碰到了上山的小路，每一块鹅卵石都像我的牙齿一样熟悉。你好，庄园……

布瓦，布瓦！狗儿们叫道，布瓦，布瓦，你回来了，你回来了！它们闻了闻我的手和紧身裤。你闻起来不一样了，布瓦，布瓦！你闻起来……

我闻起来像个天使，我笑了笑，我身上有圣彼得、鸟儿和两个月长途跋涉的味道；我身上有一个女孩的味道，我把她交给了她妈妈；我身上有我找到的丢失的鸡的味道，有我帮忙割的干草的味道……

呜呜，狗儿们说，你的话太多了！走吧！

我走进了雅克先生庄园的院子。

厨房门边摆着几盆百里香，一盘盘葡萄正在晾晒，等着变成葡萄干。我忍不住看了一眼牛棚。我在回家的路上遇到的所有人都喜欢我，他们讲故事给我听，让我住在他们的家，还给我指路，他们都说我是个男孩……

站直了，我在心里告诫自己，如果你像怪物一样耷拉着肩膀和脑袋，别人也会把你当成怪物。

一个声音从打谷场传来：“打扫干净，你这虱子脑袋！你给奶酪翻面了吗？我就知道没有。”厨娘大步走了出去，“告诉修桶匠，等我知道他的桶能装酒了，我就付钱给他。”她扫视了一下院子……

她的目光转回来，落在了我身上。我的后背挺得非常直，表情非常平静。“是你！”她厉声说，“我还以为你跑掉了呢。”

“你好，夫人，我完成了承诺，把你的杯子拿到了圣彼得台阶。我为你做了祈祷……”

“我没有时间闲谈，告诉你的朝圣者，我的牧人就是毁在他手上的。”

奥克斯？我转向狗儿们，奥克斯怎么了？

狗儿们蹦蹦跳跳的。布瓦，布瓦，你没有听说吗？他一边大叫，一边跺着脚走了！

“奥克斯走了？”我脱口而出。

“那个笨蛋去传道了，还是在播种之前走的。”

奥克斯去当传教士了？我简直无法想象。传教士又吵又凶，可奥克斯的嗓门和凶狠是他们的两倍。

我想象着奥克斯站在教堂前，听众则会体会到他曾经带给我的恐惧……塞昆德斯一定使他深深记住了地狱的恐怖！奥克斯会保护弱者，这样强者就没机会欺负弱者了。

厨娘吸了吸鼻子。“你不在的这段日子，山羊都发狂了，找回它们可不是容易的事。”她大步走开，“来人，去把小猫从牛奶房里弄出来，再去看看收割怎么样了！我早料到他们会毁了那些葡萄。盐在哪里？我要亲自称一称……我敢肯定有人偷了我们的盐……”

狗儿们用鼻子蹭我的手。我们害怕她，布瓦，布瓦。

我拍了拍它们。她是挺吓人的，但她把你们喂得饱饱的。我笑了，我还是牧羊人！我感觉大大地松了一口气。

我环顾四周，我还要去问候一个人……

他坐在那儿，阳光照在他头顶的凹痕上，照在他流着口水的下巴上。

我轻轻地走到他跟前，狗儿们用鼻子蹭着他蜷曲的手，希望他能拍拍它们。

我跪在他面前。“你好，雅克先生。”

他的目光落在我身后，张开了嘴巴。

你好，老爷。我在用思想说话，就像我对所有动物说话那样。

他从碎裂的头骨里面发出回答：你好，布瓦。天哪，你长大了。

我笑了笑。是的，老爷，我好像是个天使。

天使？那多好。你……知道我妻子在哪儿吗？我好像找不到她了。

我强忍住泪水。对不起，老爷，她在天堂等着你。

雅克先生颤抖着伸出手……

我紧握着他的双手。曾经，我总是惊诧于他手掌上长满老茧，像树皮一样粗糙，现在他的皮肤是如此的柔软……

“嘘。”

你总是那么好，帮帮我，布瓦。

我一定会的！我是天使！但我要怎么帮忙呢？

我突然想到了一个主意。我会想一个地方，你试试能不能和我一起看到那个地方。在我的脑海里，我想到了一道宽阔的大理石楼梯，那是通往天堂的阶梯……

我一步一步爬上去。在我的脑海里，雅克先生也在我旁边走上了楼梯。他有气无力，因为他已经很多年没有走路了。我用双臂搀扶着他。走吧，老爷，我带你去见一个人。

我们走近铜门。

圣彼得，我喊道，请帮助我们。

门开了，一个人走了出来。那是一个很美丽的女人，穿着奶油色的长袍，怀里抱着一个婴儿。一个害羞的小男孩紧抓着她的裙子，旁边还有一个蹒跚学步的小女孩。

“你好，布瓦，”夫人微笑着说，“再次见到你真好。”她把手伸向我身边那个弯腰驼背的男人。“你好，亲爱的。”

雅克先生抓住我的手。是真的吗？眼泪从他脸上流下来。

他费了很大的力气才迈步向前走去……

他的手伸直了，他头上的凹痕消失了，他用强壮有力的手臂举起他的孩子们，他拥抱了夫人，脸上露出了灿烂的笑容……“谢谢你，布瓦。”他低声说。

“他们就在这儿，老爷，他们在等你。”

想象的情景消失了。我跪在院子里，握着雅克先生的手。他瞪着空洞的眼睛……但一丝淡淡的微笑浮现在他的唇边。谢谢你，布瓦。

谢谢你，谢谢你一直对我这么好。我站起来对狗儿们说：守着他，他需要你们。

当然，布瓦，布瓦。它们把头枕在他的膝上，蜷缩在他的脚边。

我离开了院子。天堂是那么美好！夫人很漂亮。总有一天我会再见到她和孩子们，总有一天我会再见到塞昆德斯，感谢他救了我。

但现在还不是时候，我还有事情要做，除了要干的活儿……还有别的。

我走下山坡，山坡上有很多人在摘收葡萄。我穿过塞昆德斯六个月前走过的那条路，他带着圣彼得的肋骨留在手掌上的疤痕，走在这条路上……

咚咚咚的蹄子声传来，是山羊！咴！它们喊道，你去哪儿了？它们高兴地咩咩叫着，又像狗一样跳来跳去。你走了那么久！羊羔们高兴地撞在一起。

你好，山羊们！你们不知道我有多想你们。

我们一起向果园走去。你干什么去了？山羊问道。

我……我思考着该怎么回答。我去寻找了，我必须找到家。

家吗？咴！它们扬起头，这里就是家呀。

我咯咯地笑了。我花了一些时间才了解到这一点。我回头看了看庄园，每个人都忙着收割，厨娘骂骂咧咧地下着指令。没有她，我们可怎么办？我花了不少时间才找到我自己。

我们来到修剪得很整齐的果园。毫无疑问，这肯定是厨娘安排的。我们来到我遇见塞昆德斯那天爬上的那棵树旁。我常常梦见这一刻，每天晚上，当我展开翅膀时，我就会琢磨该从哪里起飞。这棵树，曾经看起来那么高，从树梢看到的景色是那么壮阔。但我现在的视野是多么广阔啊。

苹果！山羊们叫道，喂我们！快！

你们吃得够多了，你们这些贪心的家伙。我大笑起来，脱下外衣，将它系在腰间。

我又向四周看了看，没有人能看见我。

我高兴地叹了口气，展开了翅膀，白色，蓝色，浓郁的红色，还有斑斑点点的金色，各种颜色在九月的阳光下闪耀着。我的翅膀一直很有耐心。

我透过挂着苹果的树枝，凝视着秋天蓝色的天空。我曾在三月爬上过这棵树，费了好大的力气才爬到最高的树枝上，然后纵身一跃，享受着飞翔的感觉。

但那是六个月前的事了。

咴！山羊们欢喜雀跃，布瓦，你要爬上去吗？你要爬上去吗？

我拍着它们，享受着微风吹拂羽毛的感觉。我不需要。

我展开翅膀，飞了起来。

作者的话

《牧羊男孩》的故事发生在公元1350年这个基督教圣年，那一年有数十万教徒前往罗马朝圣。当时的欧洲人生活十分艰难，黑死病夺走了欧洲三分之一人口的生命，战争波及了英国、法国、德国、意大利、荷兰和西班牙，拿不到报酬的士兵把许多城市劫掠一空。饥饿的阴云终年不散，粮食很难种植，运粮更困难。

罗马遭受的损失尤为严重。14世纪早期，教皇就离开了这座城市，去了法国的阿维尼翁。随着他的离去，这座城市失去了政府和大部分财富。14世纪40年代，一场血腥的内战摧毁了罗马的许多建筑和家庭。1349年9月，罗马发生了地震。

诗人彼特拉克在这一年去过罗马后，这样写道：

房屋被推倒了，墙壁倒在地上，神庙坍塌，圣殿不复存在，法律被践踏在脚下……"众教堂之母"教堂依然矗立着，却没有了屋顶，经受着风吹雨打。圣彼得和圣保罗的神圣住所摇摇欲坠……

后来一位去过罗马的人称，晚上有狼在他的门外嚎叫。在那一年，朝圣者们成群结队地赶路，以保护自己免遭强盗的袭击。当他们能找到床的时候，他们就四个人睡一张床，找到食物也是一起分享。他们前往圣彼得和圣保罗的坟墓，因为他们相信圣徒的尸身被拆分开，安放在两个教堂里。他们也会去“众教堂之母”教堂，瞻仰两位圣徒栩栩如生的蜡质头骨。

正如《牧羊男孩》所写的那样，欧洲中世纪的圣物对健康、商贸和名声都很重要。国王们出行时会带着他们收集的圣物，还会展示这些圣物，来证明他们所拥有的权力。城市和修道院互相窃取对方的圣物，并公开吹嘘他们的这种行为。今天的读者可能会为这种对骨头和布料碎片的痴迷而感到震惊，也可能觉得这很滑稽。但是现代的名人堂里到处都是名人用过的吉他拨片、浸着汗水的运动衫和破裂的皮球，这和一千年前朝圣者追寻的圣物并没什么不同。

现在你去罗马的圣保罗教堂，你仍然可以看到棺盖上有一个洞，朝圣者曾经通过这个洞把布条伸进去。这座教堂还收藏了数百年来朝圣者留下的大量硬币。二十世纪四十年代，考古学家在圣彼得教堂的地下发现了一座古墓，里面埋葬着一个叫彼得的人的骸骨①。圣彼得的头骨至今仍保存在

---

① 即一个在年龄和身材两方面都和圣彼得相仿的人的尸骨，这个人去世的时间接近圣彼得去世的时间，他的名字也叫彼得（拉丁文名字则为彼得鲁斯）。——作者注

“众教堂之母”教堂里，这座教堂就是今天人们所熟知的拉特兰圣约翰大教堂。圣彼得的头骨挨着圣保罗的头骨，被供奉在一个黄金宝匣里，置于高高的圣坛之上，周围有镀金的粗栅栏保护。

谨以此书献给吉尔

非常感谢中世纪研究领域的学者丹尼尔·洛德·斯梅尔阅读了我的手稿并指出了错误。大部分错误都已改正。

——凯瑟琳·吉尔伯特·默多克